诗意人生

SHIYI RENSHENG

朱汉伟 著

黑龙江人民出版社

图书在版编目（CIP）数据

诗意人生／朱汉伟著. — 哈尔滨：黑龙江人民
出版社，2016.8（2021.3重印）
ISBN 978-7-207-10798-5

Ⅰ. ①诗… Ⅱ. ①朱… Ⅲ. ①诗词—作品集—中国—
当代 Ⅳ. I227

中国版本图书馆 CIP 数据核字（2016）第 208562 号

责任编辑　李春兰
封面设计　张　涛

诗意人生

朱汉伟　著

出版发行　黑龙江人民出版社
地　　址　哈尔滨市南岗区宣庆小区 1 号楼
邮　　编　150008
网　　址　www. longpress. com
电子邮箱　hljrmcbs@ yeah. net
印　　刷　三河市华东印刷有限公司
开　　本　787×1092　1/16
印　　张　13.75
字　　数　200 千字
版　　次　2016 年 9 月第 1 版　2021 年 3 月第 2 次印刷
书　　号　ISBN 978-7-207-10798-5
定　　价　39.00 元

作者在悉尼歌剧院

作者与夫人李国珍南方旅游合影

作者与夫人李国珍南方旅游合影

作者与夫人李国珍南方旅游合影

又凭锦瑟洒梨花

——读汉伟诗词新作《诗意人生》

王兆义

近日，分别接雪松、汉伟打来电话，言汉伟兄诗词新作裒然成秩，即将付梓，嘱余先睹诗稿并留些许感言，以成全编之美。其情之深、意之切，不容推辞，虽勉为其难，亦欣然从命。

我与汉伟兄相识相知近二十年。初识于他在绥化地区供销社主任任上，对其温良敦厚的举止言谈，留下了深刻且美好的印象。以后他一直仕途顺畅，先后任青冈县人民政府县长，中共青冈县委书记，绥化市政府副秘书长兼市财政局长，市人大常委会秘书长直至退休。而我们之间的友情与了解也与日俱增。

当今，人们对官员的了解，多数是从他职务的变化、资历的深浅、政声的好坏上去了解。而真正从文化意义上去了解他，理解他，还是在 2004 年的初春，他的第一部诗文集《黑土心音》出版。而后他一发而不可收，于是又有了《黑土心曲》《黑土心韵》《韵海行吟》，与他脉搏一起跳动的黑土系列相继问世。这又使我对他产生了认识上的升华。为官而又能诗能文，这在当今的官场并不多见。我认为，他从政的实绩、他的思路、他的追求、他的心血所寄，其为人为官的成功，都和中华文化的根脉相连，都深系于他脚下那块又厚重、又广袤的黑土地。

汉伟兄从学生时代起就爱好文学，尤其对中华传统文化的热爱几到痴迷的程度。正是这种传统文化的熏陶、滋养，为他几十年为人从政的成功打上了深深的印记。

这不，又一部诗词集《诗意人生》摆放在了我的案前。捧读之余，一吟三叹，深深为其诗意人生所震憾，所打动。

本集所收诗词，系 2008 年迄今近九年的新作。共收诗词约 160 首。从中可以明显地看到，这些诗词，当具放翁晚年闲适飘逸的诗风。其内容多数为：友朋间的酬答唱和；以闲逸的心情欣赏、陶醉于自然山水；以平和的心态沉湎于对往事的回顾与眷恋；当然亦不乏跳动的心律节拍，依然表现出对国家大事的关注。

纵观全编，我深切地感到，汉伟兄日臻成熟的诗词创作表现出三个鲜明的特点：

自然感悟所到达的高妙境界

刘梦溪先生说："我由此联想到，陶渊明所谓：

'好读书,不求甚解,每有会意,便欣然忘食。'指的也是这样一种境界,他追求的是一种直觉领悟,而不是一章、一句、一词、一字的具体含义。"这似乎是近于一种禅理,但每个人在创作实践中都程度不同地受这种直觉的、自然感悟所左右。当然顿悟亦必然是厚积的结果。

王国维先生认为:"言气质,言神韵,不如言境界。"清代著名诗人、诗论家叶燮先生则认为诗不单纯是"性情之发",而是要"表现客观现实中的理、事、情。要认识和表现客观现实中的理、事、情,就得有一定的主观条件:识、才、胆、力。"又说:"识是主要的,其余都是从属的,识为体而才为用。"而我认为叶燮的理、识都应包含在境界之中,而汉伟本集中所达到的境界是什么呢?主要有三:

一是乐观向上的精神境界。著名学者李泽厚先生认为可以用"乐感文化"来概括中国文化。他说:"这种精神不只是儒家的教义,更重要的是它已经成为中国人的普遍意识或潜意识,成为一种文化——心理结构或民族性格。中国人很少真正彻底的悲观主义,他们总愿意乐观地眺望未来。"(《中国古代思想史论》第294-295页)而体现在汉伟诗中的这种积极入世的乐观精神,是贯穿于其全部诗词创作中的一条主线。如:"秋鬓染霜犹淡雅,夕阳亦可唱晨风。"(《退休有感回赠杨辉振》);"天骄伟业功千载,万里征程自奋蹄。"(《华西村》);"风吹往事浩如烟,春雨丝丝解嫩寒。晓雾晚霞何在意，心宽方可过千帆。"（《往事如烟》）；在《人大工作感赋》中，他高唱出"三弄梅花冬放暖，青松雪染御春寒。"等等。在汉伟的诗作中找不到怨天忧人、牢骚满腹、愁肠百结的悲观情绪的发泄。其实人的一生真的很不容易，不可能事事如意，尤其是身处政治漩涡之中，能相处的人，上司也好，同事也好，下级也好，大多都有一根敏感的神经，多疑、多虑。即使你有三头六臂也很难照顾得面面俱到。唯其如此，更需要豁达、乐观应对，以正应变。汉伟兄诗是这样写的，我想事也应是这样做的。

二是热爱生活的人生境界。生活永远是创作无法逾越的铁门限。只有热爱生活，你才能更深刻地去感受生活，进而能动地去反映生活。汉伟兄有较深厚的文学功底，但其诗文创作高峰却是在其行将退休之时。短短的几年时间竟有五部诗文集问世，即或在专业作家、诗人那里也不可谓不是高产的作家、诗人。可能其在职在位工作时，或受时间、或受世俗、或受政治环境等种种原因之束缚，其自由之思想没能得到畅意发挥。但我认为，这种诗如泉涌的创作，正是其热爱生命、热爱生活，生活阅历丰富的体现。如："劳燕分飞圆锦梦，鬓生银发何惊。高山流水几多情。周郎诸葛事，谈笑到三更。"（《临江仙·步其韵和刘景泉》）再看其创作题材，十分广泛，正是"感受自然万物之赐与，必以全部诗心回报之。"

诗意人生

如："乡音心曲共潮生，一缕诗魂半世情。君腹经纶书万卷，我怀碧海浪千重。春来时吐云和雨，冬往常吞雪与风。把酒挥毫泼古韵，野滩钓月俩吟翁。"（《与姜和兄》）

三是心态平和的心理境界。汉伟兄出身寒门，因此对生活、工作上每一进步、变化，总是充满满足感和感恩心。而从政生涯的历练、领悟，更使他将浮名看淡，尤其是退出领导岗位之后，他将大部分身心投放到新的精神追求上去，致力于传统诗词的创作，说到底中华传统文化最终主导着汉伟的人生走向，这是其一生不可动摇的思想基石，是其境界屡向高峰攀登的深层文化原因。因此，我一向认为：心态平和，这决不仅仅是一种修养，而是人在历经风雨后所达到的一种最高境界，而反映这种境界的诗章则理所当然地被看作最上品的精神回馈。心态平和不是所有为官从政而又退休之后的人都能做到，而汉伟兄确实这样，随遇而安、豁达开朗、从容乐观，在许多首诗词中都有体现。如："乡音娓娓叩心旌，剪破春风惹故情。三圣宫楣腾紫气，九龙口上钓流星。举筋把酒敲眠柳，览卷开怀醒醉松。阅尽沧桑多少事，夕阳都付笑谈中。"（《应关振环之邀出席在哈海伦乡友会》）

本乎真而又返乎真的似水情怀

康德说："道德理性具有绝对价值。"而这种道德理性的价值载体则是情真意切的似水情怀。也正如晚唐诗论家司空图的《二十四诗品》中所提倡的"真力""真宰""真气""本乎真"还要"返乎真"。情且不真，那么诗也就是假的了。由一个"真"字主宰的似水情怀，反映在汉伟兄诗作中主要体现在家国情、友朋情、山水情上。汉伟兄差不多一生与政治相伴而行。家国情怀占据着其心灵绝大部分。而天平始终向着国的那一面倾斜，这是没有疑义的。前面说过，即使已经远离政坛近七年之久，也仍然放不下对国家大事的关注。玉树地震，他悲切地呐喊："高原青海，叠峰环绕，西风古道峦峡。罹难骤临，国殇梦断，泪洒喜马拉雅。"（《望海潮·玉树地震感赋》）；"四海炎黄同作气，何愁华夏不兴邦。"（《玉兔迎春》）。诗人借《贺龙年春节》，高吟出："东来紫气荡埃尘，门换桃符铸梦魂。老酒开坛倾玉液，寒梅放蕊报新春。颂歌溢满三江水，豪气迎来四海宾。惯看山川披锦绣，九州盛世抖精神。"等等。诗人对国家的兴旺发达、人民的生活幸福，赞颂喜悦之情充溢于诗的字里行间。

而对友朋之情的表达，则更多地体现在集中所收的唱和诗中。这里有写给他的老师、同学、朋友、同事、还有其工作过地方的农民兄弟，无不情真意切。

汉伟兄深谙山水体现自然之道。其对山水自然的热爱，融入其诸多的山水诗中，他，正像梁东先生所说:"用心灵俯冲的眼睛看空间万象,又把山川与人物、与人生、世态、社会有机地联结起来。"(《梁东论诗文集》第 152 页)所以,汉伟兄的诗词呈现给读者的是一幅幅情景交融的艺术画面。

总之,汉伟兄以一颗赤子之心的悲悯情怀,写家国情、友朋情、山水情、乡关情……是传统文化熏陶、浸染,使其站到了称职的"居廊庙之高"的公职官员与合格的"处江湖之远"的诗人最佳契合点上。

从清通、警炼到自然的升华

清潘德舆在《养一斋诗话》中说:"诗有三境,学诗亦有三境。先取清通,次宜警炼,终尚自然,诗之三境也。先爱敏捷,次取艰苦,终归大适,学诗之三境也。"

汉伟兄十年一剑,经艰苦努力,已达从清通、警炼到自然的升华。试看集中诸多佳篇佳句即可知也:

"八十冬夏雁留痕,几度冰霜敢立身。
盈袖暗香君记否?夕阳依旧火烧云。
春风览卷帛书厚,秋月推窗净宦尘。
一口乡音三盏酒,沧桑满纸吐清纯。"

——《读"存念集"赠杨凤和》

诗意人生

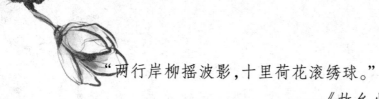

"两行岸柳摇波影,十里荷花滚绣球。"

——《故乡小溪》

"缕缕炊烟翻旧事,声声唢呐续愁肠。"

——《读白雪松"土黑雪白"感赋》

"人面长留花照水,情丝难剪柳生烟。"

——《浣溪沙·步韵和杨辉振春来四月天》

"离骚千古陶心兴,更有清风吊国殇。"

——《端午踏青》

"东君最爱枫林晚,沧海诗田种太阳。"

——《又赠陈起潮》

"欲剪绿波霜挂柳,梦中难解豆摇铃。"

——《感秋》

"安得瑶琴泼杏雨,又凭锦瑟洒梨花。"

——《步韵和刘玉凤老师》

不一而足,十分难得。汉伟兄本集中"七律"达50余首,差不多占了全编的三分之一,其大多工稳、浑成。足见其诗风功力,因七律四联俱有机杼,诚如清沈德潜在《学诗晬语》中所说:"七言律平叙易于径遂,雕镂失之佻巧,比五言为尤难;贵属对稳,贵遣事切,贵锤字老,贵结响高,而终归于血脉动荡,首尾浑成。"

仅以前贤论诗之语,期汉伟兄诗才日进,佳作迭出,以无愧于多彩的诗意人生。

2016.6.29 于静远斋

目录

诗意人生

诗意人生

诗意人生

诗意人生

诗意人生

诗意人生

诗意人生

诗意人生

读陈起潮《客夜偶成》有赠

　　1976 年 4 月 20 日和 4 月 23 日,读起潮《客夜偶成》和七绝《无题》,为其热爱家乡,热爱新闻事业,热爱古典诗词所感。当年我赠其诗词两首,对此我早已印象模糊了。起潮收藏了近 40 年,于 2015 年"五一"节前复印送我,甚为感动,现收录于此。

磊磊胸怀纳万山,

稻香鞍马许多年。

奋蹄老骥雄心在,

敢遣红梅上笔端。

1976 年 4 月 20 日

诗意人生

注:陈起潮 20 世纪 70 年代至 80 年代任黑龙江省人民广播电台驻绥化记者站站长。90 年代初退休。

长相思·读陈起潮七绝有赠

岭一程，
水一程，
戴月披星垄上行。
依依桑梓情。

雨打灯，
雪打灯，
弄赋敲诗唱大风。
全凭笔上功。

1976 年 4 月 23 日

诗意人生

2

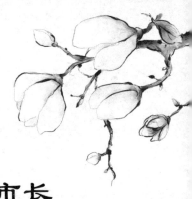

鹧鸪天·送莎燕市长省城赴任

寸草悠悠去有痕，
东风抽柳报三春。
红妆巧令陈颜改，
踏雪寻梅无故人。

抬望眼，
越龙门，
江南江北共乡魂。
犁原沃野花千朵，
留得芳名万户吟。

诗意人生

2008 年 1 月 20 日

注:1. 于莎燕曾任绥化市人民政府市长,现任黑龙江省人民政府副省长。

2. 发表于《诗词世界》(北京)2009 年第 14 期。

一剪梅·赞绥化人民广场

游子归乡未见乡，
疑似苏杭，
恰似天堂。
通幽曲径满庭芳，
碧柳青杨，
红榭黄廊。

曼舞风筝赶太阳，
月色荷塘，
短调长腔。
勋归公仆暖民肠，
几度图强，
几许沧桑。

诗意人生

2008 年 7 月 10 日

注:发表于《江北诗词》(山东)2010 年第 2 期。

人民广场漫游

倚栏环水撞涟漪，

别样荷花染旭曦。

香溢淡淡争远近，

风筝栩栩比高低。

朗声快语呼波浪，

曼舞轻歌唤野鱼。

松嫩明珠辉塞北，

陶然一笑醉东西。

2008 年 8 月 2 日

注：发表于《江北诗词》（山东）2010 年第 2 期。

诗意人生

秋　　思

清江秋水暗霜波，
枫叶飘零向远坡。
晓镜银丝添几许，
稻香邨里叹蹉跎。

2008 年 10 月 4 日

注：发表于《内蒙古诗词》(内蒙古)2011 年 4 月第 2 期。

秋　望

秋风一扫稻菽黄，

杨柳疏枝卸绿妆。

候鸟南归群聚首，

獐狍北望鹿逐狂。

西坡乡女饲牛马，

东岗村童牧乳羊。

水瘦鱼肥冲浪起，

山歌遍野满船装。

2009 年 10 月 6 日

注:1. 发表于《长白山诗词》(吉林)2010 年总第 89 期。

　 2. 发表于《诗词百家》(北京)2010 年第 3 期。

诗意人生

深秋野游

映日山川五彩光，
野林摘果尽徜徉。
萧萧落木飘飘过，
袅袅炊烟缕缕霜。
炭火烤熏餐野味，
瑟风佐酒血方刚。
秋波逝水清渠短，
红豆相思更久长。

2009 年 10 月 6 日

注:1. 发表于《诗词世界》(北京)2010 年第 1 期。
  2. 发表于《诗词百家》(北京)2010 年第 3 期。

题华西村南瓜小照

绿叶丛中一点黄，
如盆如火卧当央。
远闻福地何娇美，
近看华西熠熠光。

2009 年 10 月 7 日

诗意人生

大　运　河

运河千古起洛阳，
玉带逶迤九曲肠。
疑是银泉流圣水，
功归隋帝吾先皇。

2009 年 10 月 7 日

注：发表于《鹿城诗词》(浙江)2012 年总第 34 期。

诗
意
人
生

重访西湖

苏堤信步缅东坡，
西子从来雅韵多。
印月三潭应贺我，
雷峰夕照诵禅歌。

2009 年 10 月 8 日

注:发表于《诗词百家》(北京)2012 年第 2 期。

诗意人生

吊岳王庙

英魂一缕忍奇冤，
锁马歇茅枕恨眠。
梦里弯弓依对月，
满怀惆怅望长天。

2009 年 10 月 8 日

注:发表于《甘肃诗词》(甘肃)2011 年第 3 期。

赏钱塘江

重阳南下赏钱塘，
浪潜潮蛰溢桂香。
越女琵琶声似故，
空留画舫浣霓裳。

2009 年 10 月 8 日

注:发表于《甘肃诗词》(甘肃)2011 年第 3 期。

诗意人生

华 西 村

万众心仪仰华西，
神州福地蕴生机。
家家别墅寻常事，
户户香车不为奇。
春染狮林桃李笑，
秋涂金顶子规啼。
天骄伟业功千载，
万里征程自奋蹄。

2009 年 10 月 8 日

注：发表于《诗词百家》（北京）2010 年第 5 期。

诗意人生

贺吴莲九十诞辰

　　十月金秋，意外收温州同晖学社社长兼《同晖》学刊主编，世界华人名人协会副会长陈志岁先生来函，为其母九十岁寿辰索诗。我与之虽未曾相识，但由诗结缘，恰逢建国六十周年，特奉拙诗一首以祝寿诞。

塞北秋霜又染丹，
鹿城雁送锦书函。
国邦昌盛和犹贵，
家道中兴孝为先。
盛世耄耋逢好运，
荣昌甲子恰华年。
乾坤朗朗吟歌起，
添寿增福赖后贤。

诗意人生

2009 年 10 月 15 日

注：发表于《江北诗词》（山东）2010 年第 1 期。

茅草屋情思并回赠刘景泉

茅屋虽破乐无边，
雏燕悬梁看大观。
陌室秉烛研武略，
松林插草结文贤。
鲲鹏待举巡天力，
风雅同怀绿满园。
甲子更年弹指梦，
而今解甲喜归田。

2009 年 12 月 6 日

注:1. 刘景泉系我海伦三中同学,退休前任齐齐哈尔铁路小学
校长。
2. 发表于《诗词世界》(北京)2010 年第 5 期。

诗意人生

人大工作感赋

惜别回首忆华年，
往事如烟挂眼帘。
处处和音心自悦，
时时谐曲韵悠然。
铿锵头雁风鹏举，
激越后昆赖圣贤。
三弄梅花冬放暖，
青松雪染御春寒。

2010 年 1 月 3 日

注：发表于《诗词之友》（北京）2010 年第 4 期。

诗意人生

回赠杨明辉

溢美言词不敢当，
东君常恋晚节香。
释怀诗海心犹淡，
吟咏红梅耐雪霜。

2010 年 1 月 6 日

注:杨明辉系绥化市人大常委会城环委主任。

诗意人生

附杨明辉原诗:

才华横溢品德贤，
勤勉耕耘四十年。
流韵诗风春久在，
健康心顺友情间。

人大代表

黎民代表为黎民，
审议监督煞费神。
提案纵生千万件，
尚须履职早修身。

2010 年 1 月 8 日

诗意人生

虎年迎春

江山眺望虎门开，
一揽春光入我怀。
巧换桃符腾紫气，
红梅瑞雪任君裁。

2010 年 2 月 8 日

诗意人生

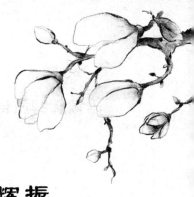

退休有感回赠杨辉振

农家子弟赴前程，

雪雨横空处不惊。

老酒一壶诗韵动，

清茶两碗话桑情。

婵娟有意芳菲尽，

玉露无声月色明。

秋鬓染霜犹淡雅，

夕阳亦可唱晨风。

2010 年 2 月 10 日

注:1. 杨辉振系绥化市人大常委会财经委主任。

   2. 发表于《诗词世界》(北京)2010 年第 5 期。

   3. 发表于《九州诗词》(武汉)2010 年总第 62 期。

诗意人生

附杨辉振原诗：

谁挽滔滔水流东，

鬓白无碍气犹雄。

经纶满腹儒家范，

若谷虚怀长者风。

韵海行吟抒壮志，

庙堂立马寄豪情。

功成身退情何系，

一卷一壶一钓翁。

诗意人生

虎年元宵节

虎啸上元不夜天，
礼花绽放庆华年。
良宵满目红灯照，
最喜春风暖玉盘。

2010 年 2 月 28 日

诗意人生

春日黄昏

一抹红霞缀树梢，

昏鸦嬉闹也多娇。

炊烟袅袅青山尽，

缕缕春风撞柳腰。

2010 年 4 月 25 日

注：1. 发表于《中文古诗词杂志》(北京)2010 年一卷第 8 期。

2. 发表于《诗词百家》(北京)2011 年第 2 期。

诗意人生

望海潮·玉树地震感赋

高原青海，
叠峰环绕，
西风古道峦峡。
罹难骤临，
国殇梦断，
泪洒喜马拉雅。
血染格桑花，
经幡疾呐喊，
地陷天塌。
顿毁藏娃，
苍天何忍弃阿妈。

昆仑振臂鸣筎，
赖铁军救险，
大爱无涯。
千唤万呼，

诗意人生

黄泉遣返，

蓦然悲喜交加。

善举暖灾家，

关山升冷月，

缓缓朝霞。

回眸彩云横空，

玉树献哈达。

2010 年 4 月 30 日

注：1. 发表于《诗词百家》(北京)2010 年第 2 期。

2. 发表于《江西诗词》(江西)2010 年第 2 期。

诗意人生

桃　　林

春光四月醉桃林，
溪水潺潺草染春。
放眼尽收连片火，
红唇粉面嫩腰身。

2010 年 4 月 30 日

诗意人生

27

春　游

丝丝细雨易消魂，

独倚青山隐倦身。

蝶遣红粉先染蕊，

蜂教淡绿后添荫。

杜鹃啼血催新土，

紫燕归心忘旧尘。

欲揽芳菲难扯断，

牧童笑我醉乡人。

2010 年 5 月 10 日

诗
意
人
生

注:1. 发表于《中国古文诗词杂志》(北京)2010 年一卷第
8 期。

2. 发表于《华夏诗文》(青岛)2011 年第 6 期。

虎年端午节

山披绿锦野花辉，
艾叶彩葫挂院楣。
何处粽香飘万里，
炎黄端午共芳菲。

2010 年 6 月 16 日

诗意人生

月 下 吟

梨絮轻飘吻柳眉，

彩蝶戏蕊忘情飞。

举杯斟满银河水，

怀抱青山月下辉。

2010 年 6 月 16 日

注:1. 发表于《中国诗词月刊》(北京)2010 年第 7 期。

2. 发表于《杏园诗词》(广东)2010 年第 3 期。

人生成败

望远登高恨水茫，
秋来春去话沧桑。
人生成败休哀叹，
送走夕阳捧太阳。

2010 年 6 月 18 日

诗意人生

自　嘲

青春激越惹诗波，
碧海惊涛也有辄。
韵笔方歇佳句少，
江郎笑我似柴婆。

2010 年 6 月 20 日

诗意人生

夏日广场

红霞如火抱夕阳，
歌舞升平是故乡。
缓缓心灯遥拢月，
银辉泼洒送清凉。

2010 年 7 月 2 日

注：发表于《中文古诗词杂志》(北京)2010 年 1 卷第 8 期。

诗意人生

往事如烟

风吹往事浩如烟，
春雨丝丝解嫩寒。
晓雾晚霞何在意，
心宽方可过千帆。

2010 年 7 月 3 日

注：发表于《杏园诗词》（广东）2010 年第 3 期。

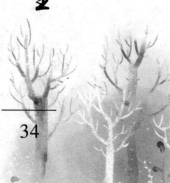

野　钓

半坡杨柳半坡蒿，
活水微澜钓兴高。
巧甩长竿追暗影，
余晖伴我弄新潮。

2010 年 7 月 5 日

注：发表于《中国诗词月刊》（北京）2010 年第 7 期。

诗意人生

欣赏朋友网上摄影邮件有感

夕阳初照锦云裁，
泊岸渔家感悟来。
君馈风光凭我赏，
始知天下尽瑶台。

2010 年 7 月 8 日

诗意人生

36

月上山村

晚风送爽夏初深，
绿浪层层不掩门。
万籁声中闻犬吠，
一钩弯月钓诗魂。

2010 年 8 月 6 日

诗意人生

外出打工者

人在天涯念故乡，
情思一缕寄银光。
满盘明月辉南北，
心底团圆更久长。

2010 年 9 月 22 日

注:发表于《诗词世界》(北京)2012 年第 6 期。

临江仙·步其韵和刘景泉

欢聚圣龙皆畅饮，
酒酣执手群英。
伊人浪迹去留声。
沧桑收眼底，
梅放任东风。

劳燕分飞圆锦梦，
鬓生银发何惊。
高山流水几多情。
周郎诸葛事，
谈笑到三更。

2010 年 9 月 28 日

诗意人生

附刘景泉诗：

临 江 仙

鸭坊泰福楼上饮，
座中学府精英。
开凌岁月去无声。
塔尖斜影里，
而立俱扬名。

四十七春弹指梦，
相逢花甲堪惊。
涛飞山青诉衷情。
少年多少事，
酒醉恋三更。

诗意人生

悼诗人张玉伟

通肯相识乍四秋，
知音华夏韵盈楼。
吟坛济济多夫子，
诗海滔滔少女流。
谁晓江南存雅作，
我知塞北墨痕留。
此番乘鹤云游去，
卧隐桃源笔更遒。

2010 年 9 月 30 日

注:张玉伟故前系绥化诗词协会副主席,《塞北诗声》主编。

诗意人生

丰 收 谣

金黄稻浪卷田畴，
八面欢歌动地讴。
雁阵横空云彩淡，
菊花篱畔水溪柔。
南归鸿雁抛香泪，
北上飞禽润亮喉。
信步乡间闲指点，
秋风谐曲唱丰收。

2010 年 10 月 4 日

注:发表于《诗词世界》(北京)2010 年第 12 期。

观看国庆60周年阅兵纪录片

鲜花锦簇礼花开，

七彩祥云顺势来。

铁马银鹰天地动，

三军仪仗壮情怀。

2010 年 10 月 6 日

诗意人生

无　　题

抬望冰城见雾茫，
怀中蜡象莽苍苍。
地天皆白成一统，
一对寒鸦满面霜。

2010 年 12 月 5 日

注:发表于《诗词世界》(北京)2011 年第 6 期。

玉兔迎春

东风又剪旧时光，
谁撞洪钟震九疆？
檐柱桃符辞旧岁，
蟾宫玉兔馈新装。
红梅点点千家韵，
唢呐声声万里腔。
四海炎黄同作气，
何愁华夏不兴邦。

2011 年 2 月 2 日

诗意人生

注:1. 发表于《芙蓉诗辑》(广东)2011 年总第 66 期。
   2. 发表于《诗词百家》(北京)2011 年第 3 期。
   3. 发表于《内蒙古诗词》(内蒙古)2011 年第 3 期。

鹧鸪天·立春赋

谁料春风起五更，
情怀依旧暖苍穹。
黄河九曲千帆远，
万顷长江腾巨龙。

抬目望，
扯飞筝，
临窗把酒到天明。
伊人心语何时解？
待到桃红柳叶青。

2011 年 2 月 4 日

注:发表于《嵩山诗词》(河南)2011 年第 1 期。

大雪过后

昨夜西风肆虐狂，
玉龙弓满射天荒。
窗含西岭涂银色，
远望东坡染重霜。
忍看群鸦饥梦断，
又闻孤兔饿牵肠。
霞公有意施温暖，
月老无情拒赈粮。

2011 年 2 月 8 日

诗意人生

早 春 吟

升腾阳气暖冰壶，
怀里山光绘锦图。
嫩草萌芽方照影，
蛰蛙破土渐钻出。
枝头翘首青山韵，
陌上踏足绿水珠。
山雀啾啾呼紫燕，
杜鹃啼血唤春姑。

2011 年 4 月 20 日

诗意人生

春暖农家

鸟啼莺语杏花飞，
抱得青山下翠微。
杨柳摇风溪水绕，
小楼妙韵落霞辉。

2011 年 5 月 6 日

注:1. 发表于《嵩山诗词》(河南)2011 年第 1 期。
　2. 发表于《诗词世界》(北京)2011 年第 4 期。

诗意人生

往事堪回首

何处低吟韵绕梁，

双亲早故断愁肠。

春秋几度长明夜，

沧海桑田好景光。

星访司马评史记，

月邀李杜解诗囊。

知音不嫌贫如洗，

携手擎天任翱翔。

2011 年 5 月 8 日

诗意人生

注:1. 发表于《盘锦诗词》(辽宁)2011 年 3—4 期。

2. 发表于《杏园诗词》(广东)2010 年第 3 期。

陌 上 吟

几许闲愁陌上吟，
杯中明月逗诗心。
情怀别样弹新曲，
万里春光寄故人。

2011 年 5 月 10 日

注：1. 发表于《荆州诗词》(湖北)2011 年第 2 期。

2. 发表于《赤峰诗词》(内蒙古)2011 年第 2 期。

3. 发表于《芙蓉诗辑》(广东)2011 年总第 66 期。

诗意人生

无　题

又见夕阳映晚霞，
凝眸老树吐新芽。
苍穹泼下催生雨，
洗礼山川种稻麻。

2011 年 5 月 15 日

注：发表于《诗词世界》（北京）2011 年第 6 期。

诗意人生

夏访红光农场

呼友相邀北大荒，
青山怀抱熠红光。
诗情搅沸一池水，
惊得金钩钓艳阳。

2011 年 6 月 28 日

注:发表于《中山诗苑》(广东)2011 年第 23 期。

诗意人生

与姜和兄

乡音心曲共潮生，
一缕诗魂半世情。
君腹经纶书万卷，
我怀碧海浪千重。
春来时吐云和雨，
冬往常吞雪与风。
把酒挥毫泼古韵，
野滩钓月俩吟翁。

2011 年 6 月 28 日

注:姜和系海伦县人,我的诗友,退休前任省地税局副局长。

诗意人生

读金耀富《墨香斋吟草》有感

骏马丹青栩栩生，

新词古调挽飞鸿。

笔耕不辍歌新宇，

初试牛刀胜乃翁。

万里河山纳卷里，

千秋伟业入囊中。

尘嚣欲海知多少？

几许骚人唱大风。

2011 年 7 月 20 日

注:金耀富系绥化市外事侨务办主任,除爱好旧体诗外还善于
作画。

诗意人生

七夕随想

试问苍天笑掩声，
鹊桥相会悄然听。
人间真爱知多少？
连理方结藕断绷。

2011 年 8 月 6 日

注: 发表于《诗词世界》(北京)2011 年第 8 期。

诗意人生

赠中国书画院副院长、书法家翟鑫

童颜鹤发悟玄禅，
神笔狂飙扫嫩寒。
满纸沧桑弹雅韵，
几箱国宝醉心田。
诗情搅动千江水，
画意张弛万重山。
壮岁情怀心不已，
春花秋月共尧天。

2011 年 8 月 10 日

诗意人生

注:1. 翟鑫系黑龙江省兰西县人。
   2. 发表于《诗词世界》(北京)2011 年第 9 期。

57

大兴安岭山村即景

松桦相依麦浪黄，
清泉几许稻飘香。
江中渔火流星落，
岭上蓝莓凝雪霜。
草甸连连呼牧马，
沼泽片片唤鹅忙。
晚霞西坠炊烟袅，
篝火熊熊衬月光。

2011 年 8 月 15 日

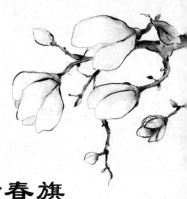

长相思 · 庆祝鄂伦春旗建旗 60 周年

岭蓝蓝，
水蓝蓝，
抬望兴安绿展颜。
肥羊遍地欢。

果香甜，
乳香甜，
阿里涛声绕耳边。
高歌甲子年。

2011 年 8 月 15 日

诗意人生

注:1. 岭蓝蓝指大兴安岭的蓝莓果。
　　2. 阿里指鄂伦春人居住的阿里河畔。

北 极 村

边陲小镇满园春，
吐翠青松染岭林。
滔滔龙江流雅曲，
九州盛世九州魂。

2011 年 8 月 16 日

兴安九曲十八弯

滴翠青山碧水潺，
兴安九曲十八弯。
云蒸雾绕蓬莱景，
放眼何来火杜鹃。

2011 年 8 月 16 日

诗意人生

大兴安岭漫咏

抬望群峰宛巨龙，
蜿蜒恰似舞长风。
兴安脚下潺潺水，
塞北怀中熠熠星。
雪裹青松犹妩媚，
冰封白桦愈亭亭。
相思红豆秋风惹，
谁酿蓝莓醉妪翁。

2011 年 8 月 16 日

辛卯中秋月

又是中秋月照圆，
沧桑几许倚栏杆。
吴刚醉酒嫦娥舞，
一缕银光下广寒。

2011 年 9 月 12 日

诗意人生

丰收喜悦

一夜西风落木衰，
飞鸿人字久徘徊。
闪金稻浪流诗韵，
似火高粱挂粉腮。

2011 年 10 月 8 日

诗意人生

秋　整　地

春潮秋闹满田畴，
陌上耕塇渗透油。
惯看长天风弄雨，
保墒除害乐悠悠。

2011 年 10 月 15 日

诗意人生

贺绥化报业大厦落成

冰花瑞雪叩心音，
谐曲和风喜撞门。
大厦忽如拔地起，
回眸一笑馈耕人。

2011 年 11 月 18 日

诗意人生

赞《绥化日报》

关注民生跃报端，
高扬旗帜主流间。
凌空万里凭风举，
振翅飞鹏鼓远帆。

2011 年 11 月 18 日

诗意人生

贺龙年春节

东来紫气荡埃尘，
门换桃符铸梦魂。
老酒开坛倾玉液，
寒梅放蕊报新春。
颂歌溢满三江水，
豪气迎来四海宾。
惯看山川披锦绣，
九州盛世抖精神。

2012 年 1 月 22 日

注:1. 发表于《九州诗词》(武汉)2012 年第 1 期。
2. 发表于《扬中诗词》(江苏)2012 年第 1 期。

诗意人生

68

除　夕

蛟龙得水庆更年，

灯火阑珊不夜天。

谁料东风先问晓？

檐边滴水醒春眠。

腊梅早被桃符惹，

坡柳先萌绿展颜。

万里相思寻故地，

江南江北共婵娟。

2012 年 1 月 22 日

注:1. 发表于《九州诗词》(武汉)2012 年第 1 期。

　　2. 发表于《扬中诗词》(江苏)2012 年第 1 期。

诗意人生

北国冬夜

冰轮蜡象透寒光，

起舞飞琼冷夜长。

巧嫂蒸糕香百里，

憨哥酒幌醉八方。

东邻快婿吟唐韵，

西舍贤徒甩墨香。

冉冉流光霓璀璨，

梅花弄影满庭芳。

2012 年 1 月 26 日

诗意人生

注:1. 发表于《扬中诗词》(江苏)2012 年第 1 期。

2. 发表于《飞云诗苑》(浙江)2012 年总第 34 期。

3. 发表于《春蚕诗词》(云南)2013 年总第 35 期。

一剪梅·龙年闹元宵

片片烟花闹元宵，
玉宇皎皎，
桂树摇摇。
蜡梅映雪漏新娇。
瑞气飘飘，
春意悄悄。

昨夜东风绿柳梢，
喜也陶陶，
乐也陶陶。
月满人圆步登高，
虎啸龙飙，
分外妖娆。

诗意人生

2012 年 2 月 8 日

鹧鸪天·和杨辉振

三月早春料峭凉，
忽如白絮满天冈。
飘飘洒洒遮双眼，
风雪难归卖货郎。

星斗淡，
夜嫌长，
伊人魂梦可还乡？
东风惹醒桃花水，
江暖鸭知布谷忙。

2012 年 3 月 30 日

注:发表于《嵩山诗苑》(郑州)2012 年第 1 期。

诗意人生

附杨辉振原词：

鹧鸪天·春来暴风雪

冬尽春来天骤凉，
朔风吹雪入苍茫。
长街楼宇难分辨，
旷野沟渠易遁藏。

身似铁，
发如霜，
觅家心切路途长，
隔窗不见金樽满，
却溢陈年老酒香。

诗意人生

读《存念集》赠杨凤和

　　龙年春节后，收到凤和兄大作《存念集》。清风拂卷，许多老领导、老朋友、家乡人跃然纸上，倍感亲切。我认真拜读后感慨至深、感悟至深。书中道出了许多至理名言，对读者、对后人无疑是一笔宝贵财富，是人生的启迪。耄耋之年尚笔耕不辍是我之楷模。特赋七律一首，迟复为歉。

八十冬夏雁留痕，
几度冰霜敢立身。
盈袖暗香君记否？
夕阳依旧火烧云。
春风览卷帛书厚，
秋月推窗净宦尘。
一口乡音半盏酒，
沧桑满纸吐清纯。

诗意人生

2012 年 4 月 6 日

注:1. 杨凤和是海伦县人,退休前系绥化师范学院党委副
　　书记。

2. 发表于《诗词世界》(北京)2012 年第 7 期。

3. 发表于《九州诗词》(武汉)2012 年总第 71 期。

塞北春娇

霏雨沾衣柳叶青，
桃花依旧醉西东。
春光满目千村绿，
秀色扑怀百里松。
唤起铁牛耕细浪，
呼来紫燕架飞虹。
河边鸥鸟合鸣曲，
留得诗人仔细听。

2012 年 5 月 10 日

注：发表于《飞云诗苑》（浙江）2012 年总第 34 期。

故乡小溪

一弯清水画中游，
满篓山歌唱未休。
九曲溪流牵旧事，
半篙桃汛撞心头。
两行岸柳摇波影，
十里荷花滚绣球。
谁泛兰舟梳细浪，
洗涤游子几闲愁。

2012 年 6 月 20 日

注:发表于《诗词之友》(北京)2012 年第 6 期。

诗意人生

一剪梅 · 与关振环、李元玺、刘玉凤老师相聚于哈

草长莺飞绿满川，
聚首冰城，
换盏人酣。
流年似水话从前。
五味杂陈，
五彩斑斓。

乱世硝烟弄墨难，
唯我良师，
巧觅桃源。
酌词斟字倚栏杆。
岁月如歌，
往事如烟。

诗意人生

2012 年 8 月 6 日

78

注:1. 关振环系海伦县人,曾任海伦县委常委、宣传部部长,县委常委、副县长;青冈县委常委、副县长,后任黑龙江省畜牧局副局长至退休。

2. 李元玺系哈尔滨人,曾任海伦三中校长,海伦县人民政府副县长,后调省农研中心至退休。

3. 刘玉凤系海伦三中教师,我文学方面的恩师、领路人。现已退休。

4. 发表于《诗词百家》(北京)2013 年第 1 期。

5. 发表于《诗词世界》(北京)2012 年第 11 期。

6. 发表于《淮海诗词》(江苏)2012 年第 4 期。

诗意人生

恭祝关振环、曲淑珍
金婚大喜

七夕佳话鹊桥间，
何比金婚月更圆。
连理枝头情几许？
瑟琴在御一生缘。
寒风扫去征袍雪，
秋韵平添两鬓斑。
忠孝人家春久在，
花开富贵享天年。

2012 年 8 月 22 日

诗意人生

步韵和刘玉凤老师

花自飘零也恋家，
梦萦通肯种桑麻。
东风作伴行囊壮，
满腹书魂走万涯。
安得瑶琴泼杏雨，
又凭锦瑟洒梨花。
雅歌天籁心中过，
灿烂情怀送晚霞。

2012 年 9 月 6 日

诗意人生

附刘玉凤原诗：

七　律

一生辗转何为家，
梦绕通肯采兰芽。
三尺书台连广宇，
万里文涛觅浪花。
锦瑟戛然天有意，
芳菲锁禁地生华。
信步闲庭听春雨，
仰天秋水看落霞。

诗意人生

庆祝教师节并赠刘玉凤老师

春雨无声润嫩芽，

烛光温暖照乡娃。

东篱茅舍吟菊颂，

桃李芬芳问韵家。

日暖荷塘拾旧事，

风和溪畔忆英华。

凭高远眺伊安否？

琴瑟声中落彩霞。

2012 年 9 月 8 日

注:1. 刘玉凤是我初中老师,曾任《黑龙江经济日报》副刊主
编,现退休客居大连。

2. 发表于《诗词百家》(北京)2013 年第 1 期。

3. 发表于《赤峰诗词》(内蒙古)2012 年总第 60 期。

诗意人生

附刘景泉诗：

读汉伟七律和刘玉凤老师

云横南岭家何在，
雪飞湘水望龙沙。
一朝笑鹜七千里，
三尺书台九曲涯。
缥缈八荒弹锦瑟，
搏击万仞韵诗华。
陶然玉柳听湖雨，
索向倚栏仰落霞。

诗意人生

附闫书仁诗：

读汉伟赠刘玉凤老师
七律有感

园丁有节赖世缘，
蜡炬犹明仰师贤。
地北天南育桃李，
暑往寒来沥胆肝。
昔日吟诗农工娃，
今朝抚琴善女男。
安得清心修寡欲，
不皈道教也悠然。

注：闫书仁系海伦县人，我初、高中同学。曾任海伦物价局局
长，海伦县委宣传部常务副部长，后调至省绿色食品协会
任办公室主任至退休。

诗意人生

忆学生时期文学沙龙

水调歌头虎跳峡，

满江红遍展英华。

先生频钓西江月，

学子勤耕浪淘沙。

虞美人沽西凤酒，

贺新郎煮碧螺茶。

武陵春晓清平乐，

一剪梅开蝶恋花。

2012 年 9 月 9 日

诗意人生

注:1. 发表于《九州诗词》(武汉)2012 年总第 73 期。

2. 发表于《甘肃诗词》(甘肃)2012 年总第 55 期。

3. 发表于《诗词之友》(北京)2013 年总第 61 期。

龙年中秋夜

月光缓缓上心头，
如水冰轮照九州。
静夜缘何惆怅起，
情思依旧镜中收。
云霄喜见龙吸水，
波浪惊闻雁渡秋。
待到东君香万里，
品茗煮酒放声讴。

2012 年 9 月 30 日

诗意人生

浪淘沙·龙年重阳节

冷雨洗秋凉，
几度轻霜。
萧萧落木卷山冈。
偶遇东篱流暗影，
谁送菊香？

老酒煮时光，
今又重阳，
登高聊比少年狂。
一览枫林连片火，
神采飞扬。

2012 年 10 月 23 日

诗意人生

注:1. 发表于《九州诗词》(武汉)2012 总第 73 期。

2. 发表于《甘肃诗词》(甘肃)2012 年总第 55 期。

3. 发表于《诗词家》(北京)2015 年第 2 期。

附刘玉凤词：

和汉伟浪淘沙·两地重阳

把酒问重阳，
岁月沧桑。
潺潺诗绪觅踪芳。
风惹茱萸香万里，
九曲回肠。

孤旅望归乡，
地老天荒。
枫丹片片绣松江。
银杏网张辉星海，
秋韵临窗。

诗意人生

附姜和词：

浪淘沙·重阳寒雨步其韵和汉伟

寒雨入申江，
秀木凝霜。
斑斓玉彩绘平冈。
硕果摇枝香馥路，
无限风光。

把酒话沧桑，
岁月流觞。
金秋欲去雪还乡。
落叶飘零别样美，
笑对荣荒。

附刘景泉词：

浪淘沙·重阳和汉伟

寒日鸟惊江，
烛影煌煌。
潇潇落木洒凹塘。
雁叫霜天神切语，
谁寄菊香。

九九并重阳，
岁岁重阳。
登高知否几君狂。
醉把韶光藏佩囊，
暗度兴常。

诗意人生

附闫书仁词：

浪淘沙·重阳节和汉伟

九月复重阳，
菊染初霜。
熙熙游客点评忙。
谁晓花工勤剪裁，
满园幽香。

神怡咏皮黄，
悠度时光。
追昔犹忆学堂郎。
落叶知秋留惬意，
癸已蓄芳。

诗意人生

致李元玺老师

松江滨北有船家，

顺水顺风诞胖娃。

满腹经纶通肯恋，

一腔热血叹流霞。

胸怀坦荡还乡酒，

两袖清风故里茶。

历久弥新公仆赞，

民心犹念落英花。

2012 年 10 月 24 日

注:1. 发表于《赤峰诗词》(内蒙古)2012 年总第 60 期。

2. 发表于《天涯艺苑》(海南)2013 年总第 40 – 41 期。

诗意人生

附刘景泉诗：

寄李元玺老师·读汉伟诗有感

一别风雨好年华，
久仰恩师冠百侠。
学府盈盈识烈火，
三中赫赫振娇花。
好成引见曾谋面，
只缘学生走天涯。
酤酒一杯情意重，
尊师莫数朱县衙。

注：张好成系中国科学院研究员，现已退休。

诗意人生

94

贺　新　年

爆竹无处不歌声，
抬望神州焰火腾。
实干兴邦豪气壮，
朝霞横染满江红。
东风一曲渔家傲，
皓月盈盘醉太平。
大雪无痕梅入梦，
千秋岁引踏莎行。

2013 年 1 月 1 日

注:1. 发表于《盘锦诗词》(辽宁)2014 年第 5 - 6 期。

2. 发表于《诗词之友》(北京)2013 年总第 61 期。

3. 发表于《甘肃诗词》(甘肃)2013 年第 2 期。

诗意人生

冬日寒鹊

纷扬白絮散如花，

倦鸟归踪恋旧家。

忍看爱巢霜打透，

依然素裹引朝霞。

含风踏雪诗心动，

吟月寻梅韵句发。

试问百禽谁雅兴，

笑称喜鹊吐春华。

2013 年 1 月 18 日

注:发表于《盘锦诗词》(辽宁)2014 年第 5—6 期。

诗意人生

虞美人·蛇年寄怀

松青柳翠枝头俏，
无限风光好。
横空蛇舞紫云来，
片片红梅含笑为谁开？

东风搅动桃花水，
我与山河醉。
倾杯贺岁长精神，
追月赶潮春韵钓诗魂。

2013 年 2 月 20 日

诗意人生

注:1. 发表于《九州诗词》(武汉)2013 年总第 74 期。
 2. 发表于《荆州诗词》(湖北)2013 年第 2 期。

97

关东四月无春

寒梅点点笑春迟，
四月关东赋雪诗。
谁剪窗花堪对月，
我闻醒柳鹊踏枝。

2013 年 4 月 18 日

诗意人生

春入农家

东风缕缕剪枝桠，
雁阵排排弄彩霞。
山水绿芽人与共，
怀中耕马闹春华。

2013 年 4 月 28 日

注：发表于《诗词之友》（北京）2014 年第 1 期。

诗意人生

塞北蛇年倒春寒

谷雨时节雪尚飞，
关山冷月雁难归。
冰壶老酒三盅暖，
瓷碗新茶四五杯。
一树昏鸦知萧瑟，
几丝醒柳晓天威。
耕夫翘首观沧海，
唤得东风缕缕吹。

2013 年 4 月 30 日

诗
意
人
生

北国夏日山村

烟波浩渺洗山川，

倒泻银河乱碧潭。

云卷云舒开丽日，

花飞花落漾长天。

暑风搅热三江水，

流火烧红四寸莲。

煮酒烹茶沽冷月，

一帘幽梦抱星眠。

2013 年 8 月 2 日

注：1. 发表于《扬中诗词》(江苏)2013 年第 2 期。

2. 发表于《江西诗词》(江西)2014 年第 1 期。

3. 发表于《赤峰诗词》(内蒙古)2014 年第 1 期。

诗意人生

读白雪松《土黑雪白》感赋

清风拂卷溢芬芳，

碧草连天跑牧羊。

缕缕炊烟翻旧事，

声声唢呐续愁肠。

霞光扫落枕边雪，

月色平添席上霜。

折柳轻描生细浪，

挥椽绘卷印沧桑。

2014 年 1 月 20 日

注:1. 白雪松为绥化市文联主席。

　　2. 发表于《诗词百家》(北京)2014 年第 4 期。

马年春节抒怀

东风浩荡醒八方，
万马奔腾又启航。
寄语琼州椰浪滚，
放歌塞北瑞珠扬。
豪情揽起三江水，
壮志翻飞五岳霜。
最是翁心连古韵，
诗魂依旧暖心肠。

2014 年 1 月 31 日于海南

注：发表于《赤峰诗词》(内蒙古)2014 年第 2 期。

诗意人生

附杨辉振诗：

读汉伟秘书长马年
抒怀和诗一首

好春又唱大江东，
壮志千云气贯虹。
释卷浅斟塞北月，
推窗轻挽南国风。
几多诗雨润新草，
一捧心香寄远情。
岁月如歌谈笑过，
扬鞭跃马再登程。

诗意人生

附闫书仁诗：

读汉伟马年抒怀

欣逢盛世万民欢，
甲午轮回骏马酣。
几度琼州迎丽日，
难忘冰城沐春寒。
吟诗总觉诸体暖，
作赋全凭百骸宽。
愿佑华庭宏运启，
阖家康泰伴平安。

于海南

诗意人生

附刘景泉诗：

和汉伟马年抒怀

银蛇漫舞向穹苍，
龙马啸啸抱海光。
赤兔单骑千里火，
黄骠贾舍百年香。
洛河滚滚白龙卷，
湘水清清烈马昂。
得意春风蹄踏鼓，
翁心依旧醉八方。

于东莞

诗意人生

附姜和诗：

和汉伟庆马年新春

春雷撼地振八方，
华夏挥椽绘锦章。
马踏祥云击战鼓，
龙腾瀚海抖金枪。
江南雨露荣欣绿，
塞北冰霜沃大荒。
壮志豪情谐古韵，
诗魂美酒醉佳觞。

于海南

诗意人生

马年闹元宵

花丛玉路跑龙船，
唱戏猜谜闹上元。
满树梨花敲好运，
春风牵柳赏冰盘。
清茶融化千堆雪，
浓酒浇开万重山。
灯火阑珊回望处，
伊人快马未离鞍。

2014 年 2 月 14 日

注:发表于《江西诗词》(江西)2014 年第 1 期。

诗意人生

附姜和诗：

和汉伟庆马年元宵节

海浪椰风度上元，
长亭巧饰挂灯联。
花间把酒充游客，
树下挥毫仿圣贤。
举目星空观月朗，
低眉大地赏物繁。
诗心又念苏学士，
何故凌高不胜寒。

于海南

诗意人生

附闫书仁诗：

元宵节戏作和汉伟

新桃耀日又上元，
几度轮回庆月圆。
舒袖嫦娥迎骏马，
捧酒吴刚离广寒。
千红梅榆椰风劲，
万紫木棉稻浪翻。
火树银花终散尽，
唯留亘古是冰盘。

于海南

诗意人生

清明缅怀

清明塞外草芊芊，

无语春风衮纸钱。

扫墓恰逢晴好日，

黄花别样缅前贤。

2014 年 4 月 5 日

注:1. 发表于《荆州诗词》(湖北)2014 年第 2 期。

　　2. 发表于《扬中诗词》(江苏)2014 年总第 67 期。

诗意人生

春　风

无力东风撞我怀，
江河谁惹闹冰排。
南坡方送桃花水，
岸柳忽萌紫气来。

2014 年 4 月 22 日

注:1. 发表于《诗词百家》(北京)2014 年第 4 期。
　　2. 发表于《九州诗词》(武汉)2014 年总第 19 期。
　　3. 发表于《扬中诗词》(江苏)2014 年第 6 期。

春 归

万里东风送燕归，

梨花飘雪蝶纷飞。

牧童抬望河边柳，

摇曳游丝下翠微。

2014 年 4 月 26 日

注:1. 发表于《九州诗词》(武汉)2014 年总第 19 期。
　2. 发表于《扬中诗词》(江苏)2014 年第 6 期。

诗意人生

春　光

梦醒三更雨打窗，
晨风帘卷漏春光。
檐头二度双飞燕，
桃杏庭前炫艳妆。

2014 年 4 月 28 日

注:1. 发表于《诗词百家》(北京)2014 年第 4 期。
　　2. 发表于《杨中诗词》(江苏)2014 年第 6 期。

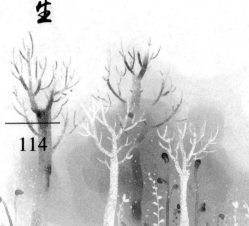

春　种

春风昨夜入农家，

细雨轻梳洗嫩芽。

布谷声声敲睡柳，

犁牛陌上种桑麻。

2014 年 4 月 28 日

注:1. 发表于《扬中诗词》(江苏)2014 年第 6 期。

　　2. 发表于《盘锦诗词》(辽宁)2014 年第 1 – 2 期。

诗意人生

春　雨

雨洗苍穹净厚尘，

乾坤朗朗欲翻新。

耕牛犁破千层土，

好梦平添垄上春。

2014 年 4 月 29 日

注:1. 发表于《心潮诗词》(广东)2014 年第 4 期。

　　2. 发表于《诗词世界》(北京)2014 年第 6 期。

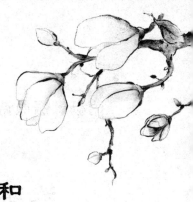

浣溪沙·步韵和
杨辉振《春来四月天》

又见柴门绿倚栏，
归鸿布阵扫春寒。
乡关嫩草惹蓝天。

人面长留花照水，
情丝难剪柳生烟。
一弯新月钓江帆。

2014 年 4 月 30 日

注:1. 发表于《诗词百家》(北京)2014 年第 4 期。
　　2. 发表于《心潮诗词》(广东)2014 年第 4 期。

诗意人生

附杨辉振原诗：

浣溪沙·春来四月天

又是春来四月天，
长空雁字写云笺。
残冰消尽草芽鲜。

一树新苞争欲蕾，
几河好水竟流先。
暖阳闲钓小塘边。

诗意人生

端午踏青

端午踏青喜若狂，

汨罗遥望水忧伤。

弄潮且使龙舟渡，

拾翠犹惊蒲草香。

遍地黄花吟《桔颂》，

满坡艾叶咏华章。

《离骚》千古陶心兴，

更有清风吊《国殇》。

2014 年 6 月 2 日

诗意人生

注:1. 发表于《庐州诗词》(安徽)2014 年总第 56 期。

2. 发表于《白石诗苑》(湖南)2015 年总第 95 期。

步其韵和刘景泉

七律·《登鼓浪屿》

浩渺烟波一岛横，

山高水远鹭同生。

莺啼百啭飞千尺，

琴曲三叠越九重。

仗剑冲冠劈恶浪，

挥戈怒发斩罡风。

日光岩上观沧海，

潮落潮升缅郑公。

2014 年 6 月 16 日

诗意人生

注：1. 发表于《诗词家》(北京)2014 年第 4 期。

　　2. 发表于《庐州诗词》(安徽)2014 年总第 56 期。

　　3. 发表于《白石诗苑》(湖南)2015 年总第 95 期。

附刘景泉原诗：

七律·登鼓浪屿

百年鼓浪化苍鹰，
千载风流忆延平。
皓月凌空听海雨，
水台击鼓点雄兵。
日光岩顶黄鹂叫，
大小金门却炮声。
舒眼凭栏烟浩渺，
一国两制月轮横。

诗意人生

回赠孙继先

　　我与继先都有 90 年代在供销合作社战线工作的情结。偶在网上看到其赠我七绝藏头诗。感动之余，回赠一首七津，以谢之。

矢志三农忆旧贤，

飘香泥土展新颜。

呼兰河畔西江月，

鹿马山头菩萨蛮。

折取枫枝拨古韵，

拾来柳叶弹诗弦。

夕阳一抹秋山醉，

花甲耕耘总不闲。

2014 年 6 月 20 日

注：1. 孙继先曾任兰西县供销社副主任。

　　2. 发表于《诗词百家》(北京)2015 年第 1 期。

　　3. 发表于《心潮诗词》(湖北)2015 年第 4 期。

诗意人生

附孙继先原诗:

藏头诗赠朱汉伟

黑土心音幄运筹,
朱公巨笔写春秋。
汉唐沽酒谁无醉,
伟业宏图几劲道。

诗意人生

庆祝建党 93 周年抒怀

南湖踏浪启新航，

激荡雷霆震九疆。

星火燎原惊暗夜，

旌旗漫卷动天罡。

敢教红日驱霾雾，

又使东风唤曙光。

万里神州同作气，

梦圆盛世谱华章。

2014 年 7 月 1 日

注:1. 发表于《诗词世界》(北京)2014 年第 8 期。

2. 发表于《天涯艺苑》(海南)2014 年 12 月总第 43 期。

诗意人生

暮 秋 吟

潇潇冷雨洗江天，

抬望征鸿泪始干。

有序柳枝霜似雪，

无言枫叶赤如丹。

壶中岁月知凉热，

掌上乾坤觉变迁。

何必悲秋学后主，

诗翁试笔韵丰年。

2014 年 10 月 16 日

注:1. 发表于《扬中诗词》(江苏)2014 年总第 67 期。

2. 发表于《诗词家》(北京)2016 年第 3 期。

诗意人生

雪　夜

碎玉随缘乱入林，
飘飘洒洒夜如银。
阑珊灯火朦胧处，
把酒问天忆故人。

2014 年 12 月 2 日

诗意人生

雪 中 行

浩渺苍穹乱絮纷，
朔风肆虐挞寒身。
迷茫前路遮双眼，
无奈归乡踏雪人。

2014 年 12 月 5 日

注:发表于《赤峰诗词》(内蒙古)2015 年第 1 期。

诗意人生

雪

玉龙飞舞扫阴霾，
踏雪梅花冻地开。
但使琼枝来作画，
冰心一片释情怀。

2014 年 12 月 12 日

注：发表于《诗词世界》（北京）2015 年第 5 期。

雪染小山村

梨花纷扰小山村，

如玉洁白不染尘。

岭上雾凇织素锦，

原驰蜡象铸冰魂。

2014 年 12 月 23 日

注:1. 发表于《诗词世界》(北京)2015 年第 5 期。
   2. 发表于《赤峰诗词》(内蒙古)2015 年第 1 期。

诗意人生

三亚小洞天

椰林怀抱洞中天，

静卧天涯若许年。

八百风霜松不老，

心宽寿比鹤龟仙。

2015 年 2 月 16 日于海南

注：发表于《诗词世界》（北京）2015 年第 5 期。

谒南山寺三面观音

万法同归不二门，
善男信女拜观音。
佛光三面八方耀，
不改慈悲菩萨心。

2015 年 2 月 17 日于海南

注：发表于《庐州诗词》(安徽)2015 年第 3 期。

诗意人生

羊年三亚过春节

扶摇羊角步云端，

方晓琼州动地欢。

但使青山山垒垒，

安知绿水水潺潺。

丝丝微雨篷船外，

缕缕轻烟碧浪间。

万里乡愁牵袄袖，

烹茶煮酒闹春眠。

2015 年 2 月 19 日于海南

注：发表于《天涯艺苑》(海南)2015 年 6 月总第 44 期。

诗意人生

羊年除夕听钟声

洪钟敲醒五湖冰，
椰浪拍窗侧耳听。
八骏魂牵追彩月，
三羊梦绕带春风。
江南桃苑羞烟雨，
塞北梅家傲雪中。
年夜长歌辞旧岁，
乾坤斗转舞鲲鹏。

2015 年 2 月 19 日于海南

注:发表于《九州诗词》(武汉)2015 年总第 83 期。

诗意人生

附杨辉振诗：

步先生原韵学和

松江夜雨掩薄冰，
琼岛新词把酒听。
骏马传福乘好月，
吉羊布瑞趁和风。
才着南国桃花雨，
又立北疆梅苑中。
北志萦怀歌锦岁，
家山万里有鲲鹏。

诗意人生

附孙敢胜诗：

晨起初三下大雪依韵呈老领导

昨夜瑞雪映灯红，

新春爆竹已稀声。

几番枝绿孕出蕊，

数度花繁成落英。

飞骑扬鬐思边草，

雄雕抖翅恋长空。

直须厉兵更秣马，

唤友呼朋踏春风。

注：孙敢胜系青冈人。现任绥化市林业局副局长。

诗意人生

附刘景泉诗：

汉伟寄诗有感

竹爆声声震九天，

五羊渺渺步云端。

琼州海浪连天涌，

塞外江河动地喧。

忽得诗人传妙赋，

方知五柳会海南。

三湾渔火凤凰夜，

但使圆蟾照客眠。

诗意人生

正月初三在厦门闻龙江降大雪

正月故园雪打灯，
回眸鹭岛雨濛濛。
神州四季皆如画，
塞北江南总不同。

2015 年 2 月 23 日于厦门

诗意人生

137

鼓浪屿隔海相望

鼓浪惊天喋未休，

涟漪娓娓叙乡愁。

悠悠海角一钩月，

莽莽天涯几度秋。

夜半仁兄期去雁，

鸡鸣慈母盼归舟。

搏击白鹭听风雨，

唤出冰轮照九州。

2015 年 2 月 23 日于厦门

注:1. 发表于《诗词世界》(北京)2015 年第 7 期。

　　2. 发表于《庐州诗词》(安徽)2015 年第 3 期。

厦门中山公园游湖

游湖三代尽欢颜，

好个娇孙舵手担。

细浪平波迷鹭鸟，

摇风榕影憩鸣蝉。

五篷莲放蜂扶蕊，

三角梅开蝶倚栏。

世外桃源心若水，

东风做伴忘归还。

2015 年 2 月 24 日于厦门

注:1. 发表于《诗词世界》(北京)2015 年第 7 期。

  2. 发表于《庐州诗词》(安徽)2015 年第 3 期。

诗意人生

应关振环之邀出席
在哈、海伦乡友会

　　羊年正月十九关振环邀杨贵才和我等出席在哈居住退休干部海伦乡友会，我被浓浓的乡音、乡情、乡愁深深地感染，特赋七津一首，以记之。

诗意人生

　　　　乡音娓娓叩心旌，
　　　　剪破春风惹故情。
　　　　三圣宫楣腾紫气，
　　　　九龙口上钓流星。
　　　　举觞把酒敲眠柳，
　　　　览卷开怀醒醉松。
　　　　阅尽沧桑多少事，
　　　　夕阳都付笑谈中。

2015 年 3 月 20 日

注: 1. 三圣宫是海伦市"三教"合一的庙宇。

2. 览卷指翻阅会上赠送的海伦乡友专著《退聚园》。

3. 发表于《荆州诗词》(湖北)2015 年第 3 期。

4. 发表于《诗词家》(北京)2015 年第 5 期。

诗意人生

又赠陈起潮

松嫩怀中无冕王，

剪裁织锦嫁衣裳。

江涛鼓动随心笔，

麦浪催生如意郎。

独领风骚摘酒幌，

偏伏纸上秀文章。

东君最爱枫林晚，

沧海诗田种太阳。

2015 年 4 月 20 日

注:发表于《诗词月刊》(北京)2016 年第 5 期。

诗意人生

题北京平谷桃花节

娇羞锦簇满枝桠，

柳絮游丝唤客家。

谁赐燕山腾绿浪，

何来平谷绽丹霞。

桃花扇里藏香蕊，

碧玉簪中露嫩芽。

陪嫁黄梨头上雪，

洁来洁去闹春华。

2015 年 4 月 20 日于北京

注:1. 发表于《诗词世界》(北京)2015 年第 6 期。

2. 发表于《郑州诗词》(河南)2015 年第 4 期。

3. 发表于《荆州诗词》(湖北)2015 年第 3 期。

4. 发表于《诗词家》(北京)2015 年第 5 期。

诗意人生

喝火令·依韵和刘景泉

君钓家乡月，
我摘故里云，
茅屋依旧去留痕。
霜凝冷衣冬夜，
唱和暖冰心。

梅露尖尖角，
春敲筑梦人，
几多风雨撬经纶。
策马吟鞭，
千里共瑶琴。
但见大江东逝，
踏浪觅诗魂。

诗意人生

2015 年 4 月 21 日

注:1. 发表于《九州诗词》(武汉)2015 年总第 84 期。

2. 发表于《诗词月刊》(北京)2016 年第 5 期。

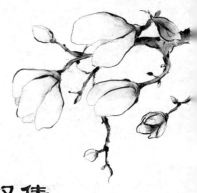

附刘景泉词：

喝火令·羊年寄汉伟

别雁情如故，
流光忆旧闻，
谁曾邀我饮金樽。
茅草依依烟雨，
一枕梦难寻。

子夜观灯火，
钟敲马齿轮，
浮生安得几故人。
地北天南，
未老少年心。
飞报五羊扶角，
琼海寄芳音。

诗意人生

贺李元玺老师八十寿辰

　　欣闻九月七日是元玺老师八十大寿，深表祝贺，但其不摆寿宴，不接寿礼，此乃我师之一贯风格，我只好遥寄小诗一首，以尽学生贺寿之意。

　　　　耄耋荏苒水东流，
　　　　多少艰辛付白头。
　　　　桃李芬芳枝上俏，
　　　　先生依旧斥方遒。

　　　　　　　　　　　2015 年 9 月 7 日

诗意人生

惜秋·步杨辉振韵

秋水长天瘦柳枝，
雁归故里别时迟。
江山得意开醉眼，
大地流金正逢时。

2015 年 9 月 30 日

注:发表于《庐州诗词》(安徽)2016 年总第 62 期。

诗意人生

附杨辉振诗：

惜　　秋

正是菊黄梦亦痴，
个中冷暖我心知。
空随落叶听秋雨，
轻拢雁声入小诗。

诗意人生

藏头诗·酬关振环

老领导关振环赠我藏头诗,迟复致歉,今酬诗一首。

酬诗唱和两相知,
关塞八旗任马驰。
振撼九龙开盛世,
环游四海正当时。

2015 年 10 月 3 日

注:1. 关振环系满族人,故称"八旗"。
   2. 发表于《心潮诗词》(湖北)2016 年第 3 期。

诗意人生

附关振坏藏头诗：

赠 汉 伟

朱氏元璋起牧童，
汉室刘邦盖世雄。
伟人伟业东方起，
弟兄常怀知己情。

读赵清秀《山清水秀》
散文集感赠

　　赵清秀与我在海伦县委宣传部共事十年之久，后调至山东，一别30年。2015年初收到其出版的《山清水秀》散文集，阅后惊叹不已，洋洋几万字的游记，篇篇皆佳作。把山水写出了秀气，写出了灵气，写出了情感，活灵活现，入木三分。

《山清水秀》动心弦，
林海江涛挂眼帘。
满纸松峦峰吐翠，
通篇苍岭柳含烟。
春来何处风光好，
秋去谁家月色圆？
梦幻瑶台听暮鼓，
晨钟撞响日升天。

诗意人生

2015年10月6日

注：赵清秀系海伦县人，曾任《海伦报》副主编，后调至山东省东营市《东营日报》社任副主编。曾出版《枫叶集》《青枝绿叶》《山清水秀》等多部散文集。

诗意人生

再赠清秀兄

飞玉泼珠织锦绣，
《荷塘月色》步高楼。
关东古巷青春恋，
齐鲁儒风赏醉秋。

2015 年 10 月 7 日

注:《荷塘月色》系我国著名近代散文家、诗人朱自清的代
表作。

诗意人生

感　秋

推窗带雨老秋声，
谁惹惊鸿吻落英？
欲剪绿波霜挂柳，
梦中难解豆摇铃。

2015 年 10 月 10 日

秋　风

西风肆虐抽山冈，
杨柳低头不问凉。
唯有枫丹情似火，
东君满眼露馨香。

2015 年 10 月 20 日

诗意人生

深　秋

昨夜荷君拭泪痕，
莲衣渐瘦断香魂。
一腔幽怨随霜去，
最恼秋风惹故人。

2015 年 10 月 21 日

重阳·依韵和吴德谦

重九登高日，
夕阳不觉迟。
山菊独自放，
遥寄旧朋知。

2015 年 10 月 22 日

注:1. 吴德谦系我海伦三中同学兼诗友。
　　2. 发表于《心潮诗词》(湖北)2016 年第 3 期。

诗意人生

附吴德谦诗：

重阳节致汉伟兄

九九重阳日，
菊香寒露枝。
登高君望远，
相逢待何时？

诗意人生

秋　江

秋风屡锁大江东，
远影孤帆橹自横。
冷月辞钩云水淡，
小珠碎浪弄弦声。

2015 年 11 月 5 日

注：发表于《盘锦诗词》(辽宁)2016 年第 1 期。

诗意人生

附吴德谦诗：

读《秋江》和汉伟

秋风秋雨锁江东，
野渡无人雁自横。
两岸蒹葭云雾淡，
渔翁沽酒庆年丰。

诗意人生

乙未年冬初雪

漫天飞舞树生花，
洒向人间遍地纱。
十里雾霾浑不见，
银光如缕照无涯。

2015 年 11 月 9 日

注:发表于《盘锦诗词》(辽宁)2016 年第 1 期。

诗意人生

161

附吴德谦诗：

依韵和汉伟《乙未年冬初雪》

白蛾银蝶逐琼花，
扯絮拉绵进万家。
天地苍茫成一统，
诗魂随雪到天涯。

诗意人生

央视重播李娜演唱《青藏高原》

岁月留痕两袖风，
又闻天籁旧歌声。
梵音佛国阳春雪，
青藏高原翘首听。

2015 年 11 月 25 日

注：发表于《庐州诗词》（安徽）2016 年第 2 期。

诗意人生

163

猴年海南过春节

东来紫气惹鲲鹏，

大圣归兮动地惊。

横扫几番除丑垢，

冲天一怒洗苍穹。

万泉河水流新韵，

五指山峦溢彩虹。

海角天涯追碧浪，

扬帆万里品春风。

2016 年 2 月 8 日于海南

注：发表于《赤峰诗词》(内蒙古)2016 年第 2 期。

诗意人生

游海南蜈支洲岛

红豆相思雨裹风，
槟榔滴血泣真情。
狂风拍岸千堆雪，
骇浪敲崖万顷凇。
探海金龟击角鼓，
凭栏妈祖撞洪钟。
炎黄奋起防妖孽，
潮涨潮平利剑横。

2016 年 2 月 12 日于海南

注:蜈支洲岛又名情人岛，又称中国的马尔代夫。蜈支是海南民间广为流传的汉族小伙蜈哥与黎族姑娘支妹凄美的爱情故事。

诗意人生

165

沙滩观海

金沙滩上品波涛，
潮涌心随逐浪高。
入水夕阳舟唱晚，
一壶老酒煮辛劳。

2016 年 2 月 18 日于海南

注：发表于《诗词世界》（北京）2016 年第 5 期。

观 海 潮

排山倒海上高台，
梯次龙门摆起来。
牛吼呼出花万朵，
金珠遍撒入君怀。

2016 年 2 月 20 日于海南

注:发表于《诗词世界》(北京)2016 年第 6 期。

诗意人生

无　　题

万里苍茫一色天，
白云深处打鱼船。
潮音又奏铿锵曲，
浩瀚烟波叩海湾。

2016 年 3 月 18 日于海南

注:发表于《诗词世界》(北京)2016 年第 5 期。

赏海口红树林

举目慢行不见红，
浪花簇簇绿千重。
心无旁骛居琼岛，
任尔东南西北风。

2016 年 3 月 20 日于海南

注:红树系绿色的,全世界稀有树木,生长在海滩里,海南海口
就有 16 种。

诗意人生

流浪艺人

心底舞台比地大，
二胡伴我走天涯。
行囊装满阳春曲，
流水行云洗晚霞。

2016 年 3 月 26 日

注:发表于《芙蓉诗辑》(广东)2016 年总第 83 期。

题海伦华星幼儿园

争春新蕾耀神州，
开口成吟笔更遒。
堪与曹植相媲美，
华星追梦竞风流。

2016 年 5 月 24 日

诗意人生

夜　雨

朦胧静夜雨敲窗，
惊醒睡莲忆梦香。
缕缕凉风推我起，
挑灯觅句著诗章。

2016 年 6 月 10 日

鹧鸪天·缅怀海伦抗日英雄
顾旭东举家抗日

晓月芦沟举世惊，
连天烽火遍哀鸿。
白山黑水铮铮骨，
通肯扬波颂旭东。

英烈胆，
满门忠，
丹心争得日光明。
豪杰倘若雄魂在，
我为先贤捧玉盅。

2016 年 7 月 1 日

注:1. 顾旭东系海伦县人,1932 年加入中国共产党,曾任海伦
中心县委宣传委员,1945 年任中共海伦县委书记。

诗意人生

173

2. 顾旭东动员父亲、妻子、妹妹、堂兄等 8 位亲人参加抗日救国活动,整个家族成为抗日斗士,其堂兄献出了宝贵生命。

诗意人生

江城子·纪念海伦
抗日游击队

兴安脚下通肯旁，
水流长，
草苍茫。
皑皑白雪，
风卷冻山冈。
且看密林弓满月，
极目望，
射天狼。

将军通告震四方，
语铿锵，
志如钢。
战驹啸啸，
仇恨上枪膛。
渴饮饥餐倭寇血，

诗意人生

豪气壮，

永留芳。

2016 年 7 月 2 日

注：海伦抗日游击队曾与东北抗联六位军长，联合发表《东北
抗日联军统一军队建制宣言》。

诗
意
人
生

百 合 花

低眉凝目尽橙黄，
戏蕊蜂蝶各自忙。
不与群芳争艳丽，
花开独占满园香。

2016 年 7 月 5 日

诗意人生

临江仙·民族英雄马占山将军在海伦抗日

血雨腥风云掩月，
神州烽火狼烟。
黄河怒吼震苍天。
白山足踏破，
黑水箭离弦。

将军挥戈重抖擞，
江桥战挫凶顽。
中枢设此志犹坚。
四捷歼日伪，
威振在乡关。

2016 年 7 月 8 日

诗意人生

注:1. 抗日名将马占山曾二次率部进驻海伦,并将抗日省政府迁入海伦,使其一度成为抗日中心。

2. 在嫩江桥头打响东北抗日第一枪。

3. 马占山在海伦期间率部袭击日军,四战四捷,给日军以沉重打击。

诗意人生

浪淘沙·海伦雷炎公园
缅怀烈士雷炎

绿柳翠松间，
湖水潺潺，
鲜花述说缅前贤。
碑里硝烟连炮火，
追忆当年。

真理破荒蛮，
暗夜惊天，
双枪穿透莫凭栏。
激烈雷锤开玉宇，
血荐轩辕。

诗意人生

注:1. 雷炎系黑龙江省海伦县人，1932年加入中国共产党，在海伦组建党组织并领导组织抗日游击队，后奉命到尚志县、哈尔滨、上海等地工作。相继任东北抗日联军五师、九师参谋长及政治部主任等职。1939年率部参加东北

抗日联军三、六师远征。在海伦改编，任第四支队队长。1939 年 2 月 28 日在与敌激战突围中壮烈牺牲，年仅 28 岁。

2. 雷炎枪法出众，双手使枪，人称"双枪手"。

3. 雷炎有勇有谋，指挥作战稳、准、狠，号称"雷锤子"。

诗意人生

后　　记

　　这本《诗意人生》诗词集是我继《黑土心音》《黑土心曲》《黑土心韵》《韵海行吟》四部诗词集之后出版的第五本诗词集。

　　往事如烟，世事沧桑，人生如诗，诗如人生。我已走过67年的人生历程，漫漫人生路恍若昨天。我12岁丧父，13岁母亲卧病在床，我悉心照顾，煎汤熬药，洗衣做饭，侍弄赖以生活的菜园子。一边上学、一边承担家务，一边尽孝道。加之国家遭受三年自然灾害，生活更是雪上加霜、苦不堪言。如《少年回忆》："冬捡煤核夏刈茅，秋拾庄稼春护苗。野菜清汤锅内煮，愁思缕缕上眉梢。"当我15岁时，母亲病逝，我精神上遭受了极大的打击，那时我彻夜难眠，患上了严重的神经衰弱。对母亲的怀念时刻萦绕心头。如《清明怀母》："苦寒少小倍艰辛，娘舍粥汤暖嫩身，广厦盛餐难尽孝，悲声荒野欲招魂。"是我的同学、好朋友闫书仁、刘景泉、邢保林、高广生、刘少奇等在我家的茅草屋陪我度过了艰难的日日夜夜。对此，我常怀感激、感恩之心，常思过往，回忆友谊，在我的一些诗词里都有所体现。如《茅草屋情思并回赠刘景

诗意人生

泉》:"茅屋虽破乐无边,雏燕是梁看大观。陋室秉烛研武略,松林插草结文贤。鲲鹏诗举巡天力,风雅同怀绿满园。甲子更年弹指梦,而今解甲喜归田。"常言道,穷人的孩子早当家,就这样尚属稚嫩的肩膀挑起了家庭的大梁,料理家务,照顾哥哥,教育、拉扯弟弟,奋发图强。如《忆苦难少年》:"风掀庐草锁篱门,长夜饥寒入梦频。壮志少年心似铁,任它百苦与千辛。"正所谓磨难出诗人,写诗是精神寄托,是心灵的呐喊,是情怀的释放。诗词源于生活,高于生活。其实,人生就是一部诗集,人生规律如诗词格律,也是"平平仄仄平平"和"仄仄平平仄仄平",抑扬顿挫,跌荡起伏,五味杂陈,风雨彩虹。故此,这本诗词集定名为《诗意人生》。

诗耀中华,中国是诗的国度。今天,我们生活在一个波澜壮阔的伟大时代。这个时代为我们提供了丰沛的营养和鲜活的体验,不尽诗潮滚滚来。做为中华诗词的爱好者和创作者,有责任为之记录,为之抒写,为之歌唱。用手中的笔写出欢乐与忧伤,困顿与振奋,渴望与豪情;写出中国共产党领导下的中华民族奋进逐梦的伟大精神。这也是我为中国古典诗词的传承与发展鼓与呼的创作原则。

《诗意人生》是我即将退休和退休之后创作的诗词,是这个阶段心路的点点滴滴。退休是职业生涯结束的重要转折,是公职人员必然经历的人生阶段。对此,我心态平和,一方面发挥多年积淀的经济工作和企业管理经验,余热发光;另一方面学习研究创作我所钟爱的古典诗词。从领导岗位上退了下来,远离了社会的纷纷扰扰,静下心来,享受阳光,品味人生,感受生活,思绪飞扬。心中装有家国情怀,装有星空大地,装有山川河流,走着走着总觉灵感油然而生;写着写着总觉诗魂萦绕心头,诗兴大发。或前行、或回眸、或抬望、或俯视,处处春光无限,诗意流淌。写出的诗就会有灵性,就会韵味十足,婉约典雅。如《题北京平谷桃花节》:"娇羞锦簇满枝桠,柳絮游丝唤客家,谁赐燕山腾绿浪,何来平谷绽丹霞。桃花扇里藏香蕊,碧玉簪中露嫩芽。陪嫁黄梨头上雪,洁来洁去闹春华。"

《诗意人生》以弘扬中华诗词为己任,讴歌新时代,讴歌祖国的大好河山。诗词集内容丰富,涵盖了追忆缅怀,赠答酬唱,感事抒怀,咏物寄志,九州行吟,心海扬波,田园新唱等等。从政治、情趣、友谊、山水、人生、处事、哲理等方面抒发了个人情感,揭示了人性美,歌颂了大美大爱。

中华诗词博大精深,选择了古典诗词创作,无疑是选择了艰苦的跋涉,犹如攀登珠峰,除了自身要潜心研究,付出极大的努力外,还需要方方面面的鼓励与支持。是全国各地40多家诗词刊物,提供了投稿发表的平台,提供营养精华和以诗会友的机会。从而,进一步激发了从高原奔向高峰的创作激情。因此,《诗潮》《中华诗词网》《诗词世界》《诗词百家》

诗意人生

《诗词家》《中国诗词月刊》《华夏诗文》《诗词之友》《九州诗词》等等,以及《绥化文艺界》《大平原》都成为我的良师益友,每期必读之,读之必受益。既有雪中送炭,又有锦上添花。所以,借此机会,向多年来支持与鼓励我的原黑龙江省作家协会主席李曙光,原黑龙江省作家协会副主席、现诗词协会主席陈修文,原中共绥化市委常委、组织部长、现绥化市作家协会主席韩光耀,原绥化市人大常委会副主任刘占生,绥化市文联主席白雪松,原绥化学院教授、诗人、评论家邢海珍,我的启蒙老师刘玉凤,绥化日报社编辑刘福申,北林区张伟等人致以由衷的谢意!在此书出版过程中,特别感谢绥化市文联白主席多次跑省申请书号,办理出版手续和印刷事宜。特别感谢绥化市作家协会、诗词协会副主席,望奎县作家协会主席、诗词协会会长,原望奎县人大常委会主任、诗人王兆义为此书作序。还要感谢彩特美(绥化)生物科技有限公司尹立行、孙佳音帮助整理资料、打印。绥化市人大常委会财经委主任杨辉振帮助校对。还要感谢我的老师、同学、朋友、诗友、家人的大力支持。总之,需要感谢的人还有许多,在此一并致谢了。

朱汉伟

2016 年 7 月 7 日于绥化

诗意人生

附:朱汉伟在全国各种刊物上发表的诗词作品统计表

序号	刊物名称	发表时间 (期数)	刊载页数	诗词(作品)名称	刊物 地址
1	《诗 潮》	2008 年总 第 147 期	第 60 页	1.高山雪莲;2.冒雪 访贫困户;3.雾松 岭;4.雪地观日落	辽宁
2	《深圳诗词》	2008 年第 2 期	第 130 页	秋叶	深圳
3	《淮 风》	2008 年总 78—79 期 合刊	第 154 页	1.浪淘沙·改革开 放 30 年;2.江城 子·和谐神州;3.满 庭芳·秋访农村	安徽
4	《黑龙江诗 词二十年》	2008 年	第 57— 58 页	1.浪淘沙·贺绥化 民间文艺家协会成 立;2.一剪梅·春 光;3.画堂春·日本 行吟	黑龙江
5	《诗词百家》	2009 年第 5 期	第 57— 58 页	1.木兰花·春韵; 2.一剪梅·雨雪带春 归;3.西江月·踏春	北京
6	《诗词百家》	2009 年第 3 期	第 63 页	沁园春·春满人间	北京
7	《北京诗苑》	2009 年总 第 69 期	第 54 页	塞外春光	北京
8	《华夏诗文》	2009 年第 2 期	第 61 页	满庭芳·秋访农村	山东
9	《华夏诗文》	2009 年第 3 期	第 20 页	临江仙·忆青年时 与吴德谦同学	山东
10	《诗词之友》	2009 年第 3 期	第 22 页	春满情怀	北京
11	《江西诗词》	2009 年第 1 期	第 130 页	满江红·话闯关东	江西

诗意人生

序号	刊物名称	发表时间（期数）	刊载页数	诗词（作品）名称	刊物地址
12	《鹿城诗词》	2009 年第1 期	第27—28 页	1.一剪梅·与姜和兄相聚海伦大寨山；2.临江仙·忆青年时与吴德谦同学；3.诉衷情·故乡行；4.画堂春·日本行吟	浙江
13	《芙蓉诗辑》	2009 年第1 期	第12 页	1.赞航天员翟志刚；2.鹧鸪天·贺神州七号发射成功	广东
14	《东坡赤壁诗词》	2009 年第6 期	第47 页	画堂春·日本行吟	湖北
15	《南阳诗词》	2009 年第2 期	第17 页	天山采风	河南
16	《九州诗词》	2009 年总第58 期	第42 页	1.塞外初秋；2.秋叶；3.晚秋	武汉
17	《九州诗词》	2009 年总第59 期	第47 页	1.一剪梅·风雪带春归；2.西江月·踏春	武汉
18	《东明诗词》	2009 年总第27 期	第55 页	风入松·双龙吟	河南
19	《诗人通讯》	2009 年第6 期	第47 页	画堂春·日本行吟	北京
20	《诗词世界》	2009 年第2 期	第35 页	1.相见欢·赠黑河作民兄；2.一剪梅·忆与姜和兄相聚海伦大寨山	北京
21	《诗词世界》	2009 年第3 期	第34 页	鹧鸪天·送莎燕市长省城赴任	北京
22	《长白山诗词》	2009 年总第86 期	第18 页	1.新疆那拉提草原；2.走戈壁滩	吉林
23	《中国诗词月刊》	2009 年创刊号	第21 页	相见欢·赠黑河作民兄	北京

诗意人生

187

序号	刊物名称	发表时间（期数）	刊载页数	诗词(作品)名称	刊物地址
24	《诗词世界》	2010 年第1 期	第44 页	深秋野游	北京
25	《诗词世界》	2010 年第5 期	第36 页	1.退休有感并赠杨辉振;2.茅草屋情思并回赠刘景泉	北京
26	《北京诗苑》	2010 年第1 期	第83 页	四月风	北京
27	《长白山诗词》	2010 年总第89 期	第12—13 页	1.秋望;2.深秋野游	吉林
28	《九州诗词》	2010 年总第64 期	第49 页	长相思·夜宿太湖边	湖北
29	《九州诗词》	2010 年总第62 期	第35 页	退休有感并赠杨辉振	武汉
30	《诗词百家》	2010 年第3 期	第41 页	1.秋望;2.深秋野游	北京
31	《鹿城诗词》	2010 年第1 期	第98 页	1.清明节;2.春满情怀	浙江
32	《江北诗词》	2010 年第1 期	第60 页	1.春满情怀;2.贺吴莲九十诞辰	山东
33	《九州诗词》	2010 年第9 期	第49 页	长相思·夜宿太湖边	武汉
34	《诗词百家》	2010 年第2 期	第9 页	望海潮·玉树地震感赋	北京
35	《诗词世界》	2010 年第5 期	第36 页	1.退休有感并赠杨辉振;2.茅草屋情思并回赠刘景泉	北京
36	《诗词世界》	2010 年第10 期	第18 页	1.梨花;2.秋菊	北京

序号	刊物名称	发表时间（期数）	刊载页数	诗词（作品）名称	刊物地址
37	《中文古诗词杂志》	2010 年第一卷第 11 期	第 69—70 页	1.蝶恋花·赠北京郭笑宇;2.相见欢·赠黑河作民兄;3.春日黄昏;4.夏日广场;5.春游	北京
38	《中国诗词月刊》	2010 年第 7 期	第 3 页	1.野钓;2.月下吟	北京
39	《诗词世界》	2010 年第 7 期	第 36 页	春日黄昏	北京
40	《江北诗词》	2010 年第 2 期	第 35 页	1.一剪梅·赞绥化人民;2.七律、人民广场漫游	山东
41	《夏风》	2010 年第 1 期	第 3 页	1.秋望;2.深秋野游	宁夏
42	《诗词百家》	2010 年第 5 期	第 17 页	华西村	北京
43	《荆州诗词》	2010 年第 4 期	第 49 页	1.行香子·观电视剧《走西口》;2.一剪梅·赏黄梅戏	湖北
44	《心潮诗词》	2010 年第 6 期	第 41 页	1.长相思·游鉴湖;2.长相思·夜宿太湖边	湖北
45	《杏园诗词》	2010 年第 3 期	第 86 页	1.月下吟;2.往事如烟	广东
46	《诗词世界》	2010 年第 12 期	第 42 页	1.丰收谣;2.秋思	北京
47	《江西诗词》	2010 年第 2 期	第 4 页	望海潮·玉树地震感赋	江西
48	《诗词之友》	2010 年第 4 期	第 33 页	1.退休有感并赠杨辉振;2.人大工作感赋	北京

诗意人生

序号	刊物名称	发表时间（期数）	刊载页数	诗词（作品）名称	刊物地址
49	《心潮诗词》	2010 年第6 期	第41 页	夜宿太湖边	湖北
50	《爱晚集》	2010 年第六辑	第25 页	1.新疆吟;2.走戈壁滩;3.游天池	广东
51	《中山诗苑》	2011 年总第73 期	第31、61 页	1.无题;2.夏访红光农场	广东
52	《红叶诗词》	2011 年总第45 期	第93 页	木兰花·初春	浙江
53	《荆州诗词》	2011 年第3 期	第50 页	1.春晓;2.春种	湖北
54	《诗词百家》	2011 年第2 期	第42 页	春日黄昏	北京
55	《扬中诗词》	2011 年第2 期	第9 页	1.赏钱塘江;2.吊岳王庙	江苏
56	《诗词百家》	2011 年第1 期	第25 页	1.秋菊;2.秋韵;3.秋思	北京
57	《诗词世界》	2011 年第4 期	第17、38 页	1.春暖农家;2.玉兔迎春	北京
58	《荆州诗词》	2011 年第2 期	第51 页	1.春暖农家;2.陌上吟	湖北
59	《荆州诗词》	2011 年第4 期	第27、51 页	1.夏访红光农场;2.无题	湖北
60	《盘锦诗词》	2011 年3—4 期	第48 页	1.重访西湖;2.往事回顾	辽宁
61	《内蒙古诗词》	2011 年第2 期	第80 页	秋思	内蒙古

诗意人生

续表

序号	刊物名称	发表时间（期数）	刊载页数	诗词（作品）名称	刊物地址
62	《内蒙古诗词》	2011 年第 3 期	第 6 页	玉兔迎春	内蒙古
63	《赤峰诗词》	2011 年第 2 期	第 31 页	1. 春暖农家；2. 陌上吟	内蒙古
64	《芙蓉诗辑》	2011 年总第 66 期	第 10 页	1. 玉兔迎春；2. 春暖农家	广东
65	《嵩山诗苑》	2011 年第 1 期	第 26 页	1. 春暖农家；2. 立春赋	河南
66	《诗词百家》	2011 年第 3 期	第 17 页	玉兔迎春	北京
67	《诗词世界》	2011 年第 6 期	第 31 页	无题	北京
68	《诗词世界》	2011 年第 8 期	第 28 页	七夕随想	北京
69	《诗词百家》	2011 年第 6 期	第 47 页	1. 无题；2. 夏访红光农场	北京
70	《诗词世界》	2011 年第 9 期	第 20 页	赠中国书画院副院长翟鑫	北京
71	《甘肃诗词》	2011 年第 3 期	第 33 页	1. 赏钱塘江；2. 吊岳王庙	甘肃
72	《东坡赤壁诗词》	2011 年第 5 期	第 40 页	蝶恋花·回忆长征	湖北
73	《诗词世界》	2012 年第 6 期	第 13 页	外出打工者	北京

序号	刊物名称	发表时间（期数）	刊载页数	诗词(作品)名称	刊物地址
74	《荆州诗词》	2012 年第 3 期	第 23 页	外出打工者	湖北
75	《扬中诗词》	2012 年第 1 期	第 17 页	1. 北国冬夜;2. 贺龙年春节;3. 除夕	江苏
76	《扬中诗词》	2012 年第 2 期	第 9 页	1. 赏钱塘江;2. 吊岳王庙	江苏
77	《飞云诗苑》	2012 年总第 34 期	第 18 页	1. 北国冬夜;2. 塞北春娇	浙江
78	《九州诗词》	2012 年总第 71 期	第 54 页	诗《存念集》有感并赠作者杨凤和	武汉
79	《嵩山诗苑》	2012 年第 1 期	第 36 页	鹧鸪天·和杨辉振	河南
80	《甘肃诗词》	2012 年第 1 期	第 17 页	1. 春归燕;2. 春种	甘肃
81	《诗词世界》	2012 年第 7 期	第 44 页	诗《存念集》有感并赠作者杨凤和	北京
82	《中华诗词网》	2012 年第 17 期	第 1 页	1. 春晓;2. 春归燕	北京
83	《甘肃诗词》	2012 年总第 54 期	第 31 页	故乡小溪	甘肃
84	《诗词百家》	2012 年第 2 期	第 32 页	重访西湖	北京
85	《诗词世界》	2012 年第 11 期	第 43 页	一剪梅·与李元玺、关振环、刘玉凤老师相聚于哈	北京
86	《鹿城诗词》	2012 年总第 34 期	第 100 页	大运河	浙江
87	《淮海诗苑》	2012 年第 4 期	第 63 页	一剪梅·与李元玺、关振环、刘玉凤老师相聚于哈	江苏

续表

序号	刊物名称	发表时间（期数）	刊载页数	诗词（作品）名称	刊物地址
88	《九州诗词》	2012 年总第 73 期	第 17 页	1.浪淘沙·龙年重阳节；2.忆学生时期文学沙龙	武汉
89	《甘肃诗词》	2012 年第 4 期	第 35 页	1.忆学生时期文学沙龙；2.浪淘沙·龙年重阳节	甘肃
90	《赤峰诗词》	2012 年总第 60 期	第 40 页	1.一剪梅·与李元玺、关振环、刘玉凤老师相聚于哈；2.庆祝教师节并赠刘玉凤老师；3.致李元玺老师	内蒙古
91	《九州诗词》	2012 年总第 70 期	第 6、7 页	1.贺龙年春节；2.除夕	武汉
92	《诗词之友》	2012 年第 6 期	第 16 页	故乡小溪	北京
93	《春蚕诗词》	2013 年第 35 集	第 25 页	1.塞北春娇；2.北国冬夜	云南
94	《诗友》	2013 年第 1 期	第 42 页	浪淘沙·龙年重阳节	辽宁
95	《荆州诗词》	2013 年第 1 期	第 33 页	忆学生时期文学沙龙	湖北
96	《九州诗词》	2013 年总第 74 期	第 6 页	虞美人·蛇年寄怀	武汉
97	《甘肃诗词》	2013 年第 2 期	第 19 页	1.贺新年；2.冬日寒鹊	甘肃
98	《诗词百家》	2013 年第 1 期	第 38—39 页	1.庆祝教师节并赠刘玉凤老师；2.一剪梅·与李元玺、关振环、刘玉凤老师相聚于哈	北京

序号	刊物名称	发表时间（期数）	刊载页数	诗词（作品）名称	刊物地址
99	《扬中诗词》	2013 年第2 期	第 35 页	北国夏日山村	江苏
100	《盘锦诗词》	2013 年第3－4 期	第 42 页	虞美人·蛇年寄怀	辽宁
101	《内蒙古诗词》	2013 年第45 期	第 9 页	忆学生时期文学沙龙	内蒙古
102	《荆州诗词》	2013 年第2 期	第 53 页	虞美人·蛇年寄怀	湖北
103	《荆州诗词》	2013 年第2 期	第 59 页	1.清明节感怀;2.清明节怀母	湖北
104	《春蚕诗词》	2013 年第36 集	第 28 页	北国夏日山村	云南
105	《天涯艺苑》	2013 年总40、41 期	第 8 页	1.教师节有感并赠刘玉凤老师;2.致李元玺老师	海南
106	《诗词世界》	2013 年总第 61 期	第 35 页	清明节怀母	北京
107	《盘锦诗词》	2013 年 5－6 期	第 58 页	北国夏日山村	辽宁
108	《中文古诗词杂志》	2013 年第四卷第7 期	第 12 页	贺新年外一首	北京
109	《江西诗词》	2014 年第1 期	第 34 页	北国夏日山村	江西
110	《江西诗词》	2014 年第1 期	第 49 页	马年闹元宵	江西
111	《九州诗词》	2014 年总第 79 期	第 44 页	1.春归;2.春风	武汉
112	《赤峰诗词》	2014 年第2 期	第 15 页	菩萨蛮·纪念毛主席诞辰 120 周年	内蒙古
113	《赤峰诗词》	2014 年第2 期	第 26 页	马年春节抒怀	内蒙古

续表

序号	刊物名称	发表时间（期数）	刊载页数	诗词（作品）名称	刊物地址
114	《诗词世界》	2014 年第 8 期	第 9 页	1. 建党 93 周年抒怀；2. 水调歌头·谒松潘红军胜利纪念碑	北京
115	《诗词家》	2014 年第 4 期	第 69 页	登鼓浪屿	北京
116	《盘锦诗词》	2014 年第 5 – 6 期	第 66 页	1. 贺新年；2. 冬日寒鹊	辽宁
117	《诗词百家》	2014 年第 4 期	第 35 页	读白雪松《土黑雪白》感赋	北京
118	《盘锦诗词》	2014 年第 3 – 4 期	第 38、56 页	1. 菩萨蛮·纪念毛主席诞辰 120 周年；2. 北国夏日山村	辽宁
119	《诗词家》	2014 年第 1 期	第 18 页	浪淘沙·龙年重阳节	北京
120	《赤峰诗词》	2014 年第 1 期	第 15 页	北国夏日山村	内蒙古
121	《诗词之友》	2014 年第 1 期	第 34 页	春入农家	北京
122	《诗词世界》	2014 年第 4 期	第 15 页	菩萨蛮·纪念毛主席诞辰 120 周年	北京
123	《盘锦诗词》	2014 年第 1 – 2 期	第 52 页	春日四题	辽宁
124	《扬中诗词》	2014 年第 6 期	第 26 页	1. 春归；2. 春风；3. 春光；4. 春种	江苏
125	《诗词世界》	2014 年第 6 期	第 21 页	春雨	北京
126	《心潮诗词》	2014 年第 4 期	第 38 页	1. 春雨；2. 浣溪沙·步其韵和杨辉振《春来四月天》	湖北

序号	刊物名称	发表时间（期数）	刊载页数	诗词（作品）名称	刊物地址
127	《九州诗词》	2014 年总第 80 期	第 26 页	江城子·和谐神州	武汉
128	《庐州诗词》	2014 年总第 56 期	第 27 页	1.登鼓浪屿；2.端午踏青	安徽
129	《庐州诗词》	2014 年总第 57 期	第 14 页	建党 93 周年抒怀	安徽
130	《天涯艺苑》	2014 年第 43 期	第 3 页	1.建党 93 周年抒怀；2.水调歌头·谒松潘红军胜利纪念碑	海南
131	《扬中诗词》	2014 年总第 67 期	第 21 页	1.赠孙继先；2.清明缅怀；3.登山海关；4.暮秋吟；5.南乡子·静月潭	江苏
132	《赤峰诗词》	2014 年第 4 期	第 27 页	无题	内蒙古
133	《诗词百家》	2014 年第 4 期	第 24 页	1.春风；2.春光	北京
134	《诗词百家》	2014 年第 5 期	第 42 页	浣溪沙·依韵和杨辉振《春来四月天》	北京
135	《诗词世界》	2015 年第 1 期	第 44—45 页	1.登山海关；2.南乡子·静月潭	北京
136	《郑州诗词》	2015 年第 1 期	第 14 页	南乡子·静月潭	河南
137	《赤峰诗词》	2015 年第 1 期	第 34 页	1.雪中行；2.雪染小山村	内蒙古
138	《九州诗词》	2015 年总第 82 期	第 64 页	南乡子·静月潭	武汉
139	《诗词世界》	2015 年第 5 期	第 18 页	1.雪；2.三亚小洞天；3.雪染小山村	北京
140	《诗词家》	2015 年第 2 期	第 28 页	龙年重阳节	北京

诗意人生

序号	刊物名称	发表时间（期数）	刊载页数	诗词（作品）名称	刊物地址
141	《诗词世界》	2015 年第 7 期	第43页	1.鼓浪屿隔海相望；2.厦门中山公园游湖	北京
142	《心潮诗词》	2015 年第 4 期	第42页	赠孙继先	湖北
143	《九州诗词》	2015 年总第 83 期	第39页	羊年除夕听钟声	武汉
144	《郑州诗词》	2015 年第 2 期	第27页	1.雪中行；2.雪染小山村	河南
145	《郑州诗词》	2015 年第 4 期	第24页	题平谷桃花节	河南
146	《天涯艺苑》	2015 年总第 44 期	第52页	羊年三亚过春节	海南
147	《白石诗苑》	2015 年总第 95 期	第56页	1.端午踏青；2 登鼓浪屿	湖南
148	《庐州诗词》	2015 年第 3 期	第42页	1.鼓浪屿隔海相望；2.谒南山寿三面观音；3.厦门中山公园游湖	安徽
149	《荆州诗词》	2015 年第 3 期	第42、60页	1.应邀出席海伦乡友会；2.题平谷桃花节	湖北
150	《九州诗词》	2015 年总第 84 期	第79页	喝火令·依韵和刘景泉	武汉
151	《诗词百家》	2015 年第 1 期	第50页	赠孙继先	北京
152	《诗词家》	2015 年第 5 期	第52页	1.应邀出席海伦乡友会；2.题平谷桃花节	北京

诗意人生

序号	刊物名称	发表时间（期数）	刊载页数	诗词（作品）名称	刊物地址
153	《盘锦诗词》	2015 年第3－4 期	第61 页	题平谷桃花节	辽宁
154	《庐州诗词》	2016 年第1 期	第20 页	惜秋·步杨辉振韵	安徽
155	《诗词世界》	2016 年第5 期	第15 页	1. 无题;2. 沙滩观海	北京
156	《诗词月刊》	2016 年第5 期	第53 页	1. 又赠陈启潮;2. 喝火令·依韵和刘景泉	北京
157	《盘锦诗词》	2016 年第1、2 期	第66 页	1. 秋江;2. 乙未年冬初雪	辽宁
158	《心潮诗词》	2016 年第3 期	第26 页	1. 酬关振环;2. 重阳·依韵和吴德谦	湖北
159	《芙蓉诗辑》	2016 年总第83 期	第18 页	流浪艺人	广东
160	《诗词世界》	2016 年第6 期	第23 页	沙滩观海	北京
161	《赤峰诗词》	2016 年第2 期	第16 页	猴年海南过春节	内蒙古
162	《庐州诗词》	2016 年第2 期	第36 页	央视重播李娜演唱青藏高原	安徽

诗意人生

序号	刊物名称	发表时间（期数）	刊载页数	诗词（作品）名称	刊物地址
163	《中华炎黄诗典》	2008年	第326—327页	1.江城子·和谐神州;2.南乡子·春归黑土;3.满庭芳·秋访农村;4.一剪梅·与姜和兄相聚海伦大寨山;5.渔歌子·冬日;6.一剪梅·春光;7.虞美人·柳絮;8.蝶恋花·武夷山	北京
164	《第二届新视点全国诗词大赛获奖作品集》	2008年获中国当代诗词时代百人金奖	第116—118页	1.南乡子·长春静月潭;2.一剪梅·春光;3.渔家傲·春满黑土;4.蝶恋花·黑土飘香;5.玉楼春·黑土含情;6.江城子·和谐神州;7.鹧鸪天·海伦大寨山;8.虞美人·柳絮;9.小重山·寒地飞雪	北京
165	《天籁之音》天籁杯中华诗词大赛优秀作品集	2008年获金奖	第163—166页	1.小重山·央视青歌赛;2.蝶恋花·纪念周恩来诞辰110周年;3.木兰花·初春;4.虞美人·春吟;5.西江月·百鸟报春;6.一剪梅·雨雪带春归;7.临江仙·忆青年时与吴德谦同学;8.满庭芳·秋访农村;9.水调歌头·谒四川松潘红军胜利纪念碑;10.满江红·话闯关东	北京
166	《诗词中国》中华诗词复兴奖优秀作品选	2009年获金奖	第8—9页	1.木兰花·初春;2.水调歌头·谒四川松潘红军胜利纪念碑;3.满江红·话闯关东	北京